문학/사상

권력과 사회

1

2020 구모룡·윤인로 외

산지니

차례

Σ 권두언

비평지 『문학/사상』을 출범시키며

비평지 『문학/사상』은 문학 혹은 '문학적인 것'과 사상 혹은 '사상적인 것', 그 두 가지 형·질이 과거에 맺어왔고, 현재에 맺고 있고, 도래할 날에 맺을 수 있을 모종의 관계에 대해, 그 힘의 향배에 대해 사고하고자 한다. 그런 관계적 힘의 양태들을 표현하는 저 슬래시(/) 기호 아래 우리는 할 수 있는 일을 하기 위해 애쓸 생각이다.

　서로를 침투·침습하고 보완·보위하는, 부양·배양하며 전위·전환시키고 단절·폐절시키는 '문학/사상'의 상호성-슬래시. 이 관계적 힘을 과거와 현재와 도래할 날이 맺는 모종의 역사성 속에서 발굴하고 활용하는 일은 '교의사^{敎義史}', 곧 독트린의 역사, 피의 폭력사를 정초박탈하는 '사상사' 안에서, 그 사상사의 '방법'으로써 발현될 수 있다. 다름 아닌 '사상사가', 그 일가의 방법론자로서 마루야마 마사오는 말한다: "우리는 사상이 도달한 결과보다는 오히려 그 시초지점初発点 [첫 촉발점]에, 그 사상이 잉태되기 시작하는 시점의 엠비벨런트 [ambivalent]한 것에, 즉 어디로 가게 될는지 알 수 없는 가능성과 도 같은 것에 항시 착목할 필요가 있습니다."[「사상사의 사고방식 에 관하여」, 1960, 국제기독교대학 강연] 이 방법으로서의 사상사는 '사 실사事實史'라는 이름으로 집행되는 고증과 훈고의 사상경찰 적 관리력을 정지시키며, 현재의 자기 입론=법을 효율적으로 설정하기 위해 옛 텍스트의 고유성을 질료화하는 '사상론思想論'의 인용술을 절단한다. 그러므로 언제나 문제시되어야 하는 것은 텍스트의 시초적 발생 · 발화 · 촉발의 지점에 응축되어 있는 엠비벨런스, 양방향성 · 양면성 · 양가성 · 양(성구유)성이 며, 그런 잠재력의 질적 임계를 텍스트의 '발전가능성[포이어바흐]'이라는 힘의 벡터로 인식하고 조형하는 일일 것이다. 비평 지『문학/사상』은 지금과는 다를 수 '있었던 것이 될' 그 잠재 성의 시제時制를, 현재적 권력관계의 그물코에 기괴하게 이지 러진 채로, 괴기스럽게 일그러진 채로, 낯설고 이질적인 '괴물' 의 형용/모순체로 물려있는, 찢겨있는, 짓이겨져 있는 그 발전 가능성의 양태들을 인용하고 배치해 갈 것이다.

그러하되 그 인용 · 인양의 과정 · 소송은 엠비벨런스 · 발전가능성의 지점을 순수하고 단선적인 것으로, 안락하고 안전한 것으로 포착하는 게 아니라, 언제나 '마성적-중의적' 폭력의 벡터로 오염되고 있는 '탈연루'의 꼭짓점으로 구성한다. 비평지 『문학/사상』의 편집, 그 모종의 힘은 그런 오염의 꼭짓점을 건드리면서 지나가는 접선들을, 그 마성적-중의적 오염의 상황을 위기 속에서 차이화하는 비평들을 원하며 구한다. 이 기다림과 요구를 향한 희망, 그것은 그런 기다림의 요구를 위한, 그런 요구의 기다림을 향한 포기하지 않는 절망 속에서만 관철되리라고 믿는다. 이 약한 믿음으로 이 비평지를 함께 출범出帆시킨다. 이 공통의 출항이 모종의(=궁극적인) 결정에 가닿기를, 동시에 그 결정의 정지상태에 닻이 내려질 수 있기를 또한 기다리며 요구한다. 말하자면, 텔로스(로)의 결정과 그것의 변위·전위·편위. 이 과정·소송에 비평지 『문학/사상』의 일단이 뿌리박고 있다.

공동편집의 의지 속에서,
주간 윤인로 삼가 씀.
2020년 6월, 부산에서.

Ⅱ 비판-비평

로컬의 방법에 관한 비평 노트

구모룡 문학평론가

1

최근 나온 황석영의 『철도원 삼대』(창비, 2020)는, 「삼포 가는 길」과 「객지」를 잇는 후속 노동소설이 없다거나 발표된 장편들이 역사소설이거나 아니면 우화와 알레고리와 상상 지리로 우회한다는 비판을 불식한다. 이 소설이 '영등포'라는 로컬의 경험 위에서 발원하여 식민지 시대와 분단시대를 관류하는 노동자 삼대의 가족사를 그렸다는 점에서 자세히 읽기를 요청한다. 염상섭의 『삼대』와 조세희의 『난장이가 쏘아올린 작은 공』 그리고 정화진 등의 노동소설을 일거에 뛰어넘기를 기대하지만 1930년대에 유행한 가족사 연대기 소설이 지닌 한계를 포함할 수도 있으리라(물론 아닐 수도 있다) 생각한다.

황석영을 세계문학의 흐름으로 읽고 비판한 이는 이현우

이다. 「객지」(1971)와 「삼포 가는 길」(1973)과 같은 '방랑자 문학'을 넘어 장편소설로 나아가야 할 지점에서 『장길산』으로 이탈하였다는 지적이다. 그는 19세기에서 20세기 초반에 이르는 세계문학의 흐름을 준거로, 노동 계급의 형성과 장편의 전망이라는 틀을 가지고 황석영의 문학을 설명한다. 심지어 「객지」와 「삼포 가는 길」이 창작의 선후가 바뀌었다고 지적한 그가 『철도원 삼대』를 어떻게 이해할까? 철도가 상징하는 근대는 이 소설에서 식민지 동원과 박정희 시대의 '동원된 근대화'를 관통한다. 그런데 황석영이 『장길산』으로 우회한 시기는 유신체제이다. 위로부터 국민문학에 대한 정책적인 강요가 컸고 노동 계급에 대한 탄압이 심각하였다. 황석영이 '장길산'을 매개하면서 민중을 말하는 방식과 윤흥길과 조세희가 각각 『아홉 켤레의 구두로 남은 사내』와 『난장이가 쏘아올린 작은 공』을 통해 서술한 우화의 방식은 시대 상황을 우회한다는 점에서 서로 먼 거리에 있지 않다. 위로부터 강제되고 압축된 근대화라는 맥락을 고려하지 않고 작가에게 왜 '현대 장편소설'로 나아가지 못하였는가, 라고 묻긴 어렵다. 농촌이 해체되면서 농민이 노동자와 도시 빈민이 되는 1960, 70년대의 사정을 몰각하고서 이현우는 다음처럼 말한다.

유럽 소설사에서도 부르주아계급이 항상 먼저 다뤄지고 그다음 하층계급이 묘사된다. 우리는 1960년대에 본격적인 산업화, 도시화가 진행되었고 이는 이후의 한국 사회를 규정하는 압도적인 현실이 된다. 그리고 여기에는 선진적인 모델이 있다. 자본주의가 유럽의 발명품이기 때문이다. 프랑스에서 19세기 전반기의 산업화, 도시화, 근대화가 진행되는 과정에서 중산층 부르주아 사회에 어떤 일들이 벌어지는가를 발자크나 플로베르의 소설이 보여줬다. 그 이후 19세기 후반기의 상황을 보여주는 소설이 에밀 졸라의 작품들이다.

장편으로 나아가지 못한 결정적인 결함이 있지만, 김승옥을 유럽의 소설에 대응시켜 보자면 「무진기행」은 19세기 중반 부르주아를 모델로 삼은 프랑스 문학에 해당한다. 「무진기행」은 주인공이 주체적인 역량을 가지지 못한 신분 상승을 자신의 투쟁에 의해서가 아니라 아내의 발탁에 의존해서 이루기 때문에 장편으로 나아가지 못한다. 이것은 유럽의 소설과 비교했을 때 결함으로 보인다. 그다음 같은 사회적 구조에서 하층계급으로 내려오게 되면 어떤 일이 벌어지는가를 시기상 약간의 간격을 두고 등장한 에밀 졸라의 작품에서 확인해볼 수 있다.(이현우, 『세계문학의 흐름으로 읽는 로쟈의 현대문학 수업』, 추수밭, 2020, 157쪽. 이하 인용은 쪽수로 표시함.)

발자크, 플로베르, 에밀 졸라로 이어지는 프랑스 소설사를 준거로 삼아서 김승옥의 「무진기행」이 차지하는 위치와 한계를 말한다. 부르주아계급이 지배계급이 되고 이에 대결하는 노동자 계급이 성장하는 유럽 자본주의의 과정을 한국의 근대화에 그대로 등치하고 있는데, 국가 독점자본주의에 가까운 한국 자본주의를 부르주아계급의 형성에 이어서 노동 계급이 등장하는 단계로 볼 수 있을까? 결과가 뻔한 비교를 하고 있을 뿐으로 자기화된 오리엔탈리즘을 노정하고 있다. 근대의 역사가 아직 끝나지 않았고 모방과 따라잡기라는 관점으로 선후를 규정할 수도 없다면, 서로 다른 맥락에서 어떤 문학이 생산되고 있는가를 살피는 일이 요긴하지 않을까?. 동원된 근대화와 압축 근대성이 관철된 한국의 상황에서 김승옥과 황석영, 윤흥길과 조세희 등이 존재한다. 노동자와 농민은 1970년대 한국 사회에서 착취를 당하는 계급이다. 그렇다면 "세계문학사적으로 보자면 황석영의 차기 장편소설은 에밀 졸라의 장편들에 해당하는 작품이었어야 했다. 그것이 우리가 기대할 수 있는, 사회사에 정확하게 맞대응하고 그렇기 때문에 중요하게 의미를 부여할 수 있는 현대 장편소설의 양식이다. 그런데 황석영은 그런 소설을 쓰지 못하고 역사소설로 돌아섰다."(157~158쪽)라는 이현우의 지적은 타당한가? 김승옥의 「무진기행」은 문체를 제외하고 통속적이다. 이후 그의 장편은 조해일이나 조선작처럼 대중소설로 발전한다. 한편 국가기구가 추진한 국민문학 육성책을 주목할 수 있다. 한국문화예술진흥원이 편자가 되어 일제부터 활동해온 작가들을 동원하여 만든 16권의 '민족문학대계'가 대표적이다. 역사적인 인물들을 나누어 맡아서 이주홍은 경대승, 정한숙은 장보고, 손소희는 선덕여왕 등과 같은 방식으로 작가들이 역사소설을 썼다. 어떤 의미에서 황석영은 이와 같은 강제된 국민문학의 흐름에 맞서 민중문학을 옹호하기 위해 『장길산』을 독자적으로 구상하고 집필하였다고 판단할 수 있다. 어쩌면 그의 시야에 홍명희의 『임꺽정』이 놓여 있었을 가능성이 높다. 온갖 형태로 진보적인 문인들을 탄압한 유신체제를 간과하면서 형성되는 노동 계급의 현실을 장편으로 재현하지 못했다고 질타하는 행위는 지나치게 편향될 뿐 아니라 도식적이다. 물론 『철도원 삼대』가 이현우의 비판에 대한 답은 아니다. "단편소설에 비해 훨씬 질과 양이 떨어지는 장편소설"(『철도원 삼대』 작가의 말, 615쪽)이라는 한국문학의 결락을 벌충하면서 "산업노동자가 전면에 등장하는 본격적인 장편소설"(615쪽)을 쓰는 양수겸장을 구사하였다. 이러한 의도에서 특히 내가 주목하는 바는 작가의 실지 경험의 무대인 "영등포"가 중요한 고리가 되고 있다는 점이다. 바로 로컬로부터 창작의 동인이 발동하고 있다. 그렇지만 아무렇지 않게 쓰인 결말의 "지방"이라는 말이 눈에 걸린다.

　　이진오는 한달쯤 지나서 우여곡절 끝에 석방되었다. 이제 합의에 따라 해고자 가운데 끝까지 버틴 열한 사람이 복

직할 차례였다. 그들은 서울에서 모여 고속버스를 타고 **지방**에 있다는 공장으로 찾아갔다. 공장에는 녹슨 기계 몇 대가 남아 있었고 다른 노동자들은 보이지 않았다. 숙고라고 찾아간 곳은 오랫동안 버려두었던 연립주택이었는데 벽에는 곰팡이가 가득 피어나 있었고 비닐 장판이 젖혀진 방바닥은 군데군데 꺼진 곳도 있었다. 화가 치민 그들이 본사에 전화했지만 직급이 높은 자와는 통화할 수가 없었다. 일반 직원은 곧 신입 직원을 모집하여 내려보낼 테니 그때까지 기다려보라고 같은 소리를 몇 번이나 되풀이할 뿐이었다. 그들은 허탈하게 웃기도 하고 서로 싸움질도 했다. 더러는 떠나고 각자 헤어지기 전에 그들은 소주를 나누어 마셨다. 마지막 남은 세 사람은 서로의 눈길을 피하며 소주잔만 들여다보았다. (612쪽. 강조-인용자)

텍스트 전체에 대한 자세히 읽기를 시도하지 않은 가운데 이 말이 차지하는 맥락을 말하긴 어렵다. 하지만 서술자 혹은 내포 작가가 자의식 없이 일반명사로 사용하고 있음은 분명하다. 노동자들이 처한 주변부성을 일반화하기 위하여 의도한 선택이라면 나름의 의의가 있을 터이다. 그러함에도 지방이라는 말보다 구체적인 지명으로 대체되는 편이 소설의 구체성을 더했으리라고 생각한다. "우리 문학사에서 빠진 산업노동자를 전면에 내세워 그들의 근현대 백여 년에 걸친 삶의 노정을 거쳐 현재 한국 노동자들의 삶의 뿌리를 드러내고자"(616쪽) 쓰인, 주변부 인물, 이방인 의식, 추방자의 비전을 육화하려 한 소설에서, 서울과 지방의 이분법적 인식에 따른, 직시어(leixis)에 가까운 용어가 노출된 사정은 좋지 않다. 서울-지방의 이분법은 서로에게 독이 되는 구도이다. 지방을 호명하면서 자칫 중심에 있다고 착각할 수도 있다. 사회운동 또한 마찬가지인데 이 소설이 이러한 중심주의를 비판하고 있음에 동의하면서 그 과정에 대한 면밀한 분석을 과제로 남긴다.

2

현기영은 "소설가는 늙지 않는다"(『소설가는 늙지 않는다』, 다산책방, 2016)라고 했다. 비평적 예단은 금물이라는 말이다. 주제 사라마구(1922~2010)는 예순 가까운 나이에 『바닥에서 일어서서』(1980)를 발표하면서 주목받았다. 일찍이 『죄악의 땅』(1947)을 써 작가가 되었지만, 용접공, 편집자, 번역가, 신문기자 등을 전전하며 생의 많은 시간을 보냈다. 거의 아흔에 이르도록 많은 작품을 썼으니 늙지 않는 작가의 표본이 아닌가 한다. 그는 매우 열악한 포르투갈 남부지방 '알렌테주' 사람들의 이야기를 많이 썼다. 『바닥에서 일어서서』는 유럽의 주변부 포르투갈의 변방, '알렌테주'의 소작농 삼대 이야기이다. 바로 자기의 경험을 바탕으로 글을 쓴 셈인데 그는 멸시당하는 주

변의 민중으로부터 출발하여 점점 소설적 시야를 확장해 나
간다. "미덕이 된 힘든 삶에서 얻은 경험, 바로 이들이 삶에서
당연하게 받아들이는 금욕적인 태도"(「어떻게 소설의 인물이 스
승이 되었고 작가가 제자가 되었는지에 관하여」, 『아버지의 여행가
방』, 문학동네, 2009. 160쪽), "완강하면서도 당당한 겸손함"(162
쪽), "자신이 발견하는 모든 장소를 만들어내는 선원의 창조적
상상력"(164쪽), "역사적으로 유럽에 멸시당했던 포르투갈 국
민이 품은 즉각적인 분노"(166쪽) 등을 주목한다. 비교가 가능
하다면 주제 사라마구와 황석영이 좋은 짝패가 될 수 있다. 제
임스 조이스의 『젊은 예술가의 초상』이 그러하였듯이 대부분
의 뛰어난 작가들은 경험적이고 구체적인 삶에서 시작하여 세
계를 확장하며 형성적인 서사를 서술한다.

이쯤에서 아룬다티 로이의 새 장편 『지복의 성자』를 주목하
게 되는 까닭은 그녀를 '근대문학의 종언'의 증거로 삼은 가라
타니 고진 때문이다. 『작은 것들의 신』이 가져다준 부와 영예
를 박차고 인도의 사회운동에 헌신한 그녀야말로 근대소설의
한계를 재빨리 눈치챈 실천가라는 고진의 이야기인데, 그러나
이 이야기도 『지복의 성자』가 등장하면서 비평가의 예단으로
귀착하고 말았다.

　　인도인 작가 아룬다티 로이라는 사람이 있습니다. 그녀
　　는 1997년 영국의 부커상을 받았는데, 그 작품이 베스트셀

러가 되어 매우 유명하게 되었습니다. 그러나 그녀는 처녀작
으로 상을 받은 후, 소설은 쓰지 않고 인도에서 댐 건설 반대
운동, 반전운동 등으로 분주합니다. 발표하는 저작도 그런
종류의 에세이뿐입니다. 구미에서 인기를 얻은 인도 작가는
아메리카나 영국으로 이주하여 화려한 문단 생활을 보내는
것이 일반적입니다. 왜 소설을 쓰지 않느냐는 질문을 받으면,
로이는 자신은 소설가이기 때문에 소설을 쓰지는 않는다, 쓸
것이 있을 때만 쓰며, 이런 위기의 시대에 무사태평하게 소설
따위를 쓰고 있을 수는 없다는 식으로 답하고 있습니다.

　로이의 언동은 문학이 책임지고 있던 사회적 역할이 끝
났다는 것을 시사하고 있는 것은 아닐까요? 문학으로 사회
를 움직일 수 있는 것처럼 보이던 시대가 끝났다고 한다면,
이제 진정한 의미에서 소설을 쓴다는 것도 소설가라는 것도
불가능합니다. 그렇다면 소설가는 그저 직업적 직함에 지나
지 않는 것이 됩니다. 로이는 문학을 버리고 사회활동을 선
택한 것이 아니라, 오히려 '문학'을 정통적으로 계승했다고
말할 수 있을 것입니다. (가라타니 고진, 윤인로 역, 「근대문학
의 종언」, 『사상적 지진』, 도서출판b, 2020, 52~53쪽)

과연 아룬다티 로이가 "문학이 책임지고 있던 사회적 역
할이 끝났다"는 의미를 시사하고 있을까? 질문을 바꾸어 소설
이 사회적 역할을 한 적이 있었는가? 댐 건설 반대 운동, 반전

운동에 필요한 글은 구호이거나 주장을 담은 에세이이다. 당장 눈앞의 현실 속으로 뛰어든 그녀에게 소설은 뒷전으로 밀리고 만다. 부커상을 받은 그녀가 구체적인 현실인 로컬로 다가간 결과이다. 이를 두고 "구미에서 인기를 얻은 인도 작가는 아메리카나 영국으로 이주하여 화려한 문단 생활을 보내는 것이 일반적"인데 그녀가 다른 길을 선택하였다고, 고진은 아전인수식으로 받아들인다. 물론 "로이는 문학을 버리고 사회 활동을 선택한 것이 아니라, 오히려 '문학'을 정통적으로 계승했다고 말할 수 있을 것"이라는 진술은 타당하다. 그녀는 고진과 다른 문학관을 지녔다. 소설이든 글쓰기든 모두 자기로부터 비롯한 수행의 과정이다. 인도, 그것도 자신이 사는 구체적인 현실이 문학의 대상이다. 소설이 내이션을 상상하게 한 나라는 소위 제 1세계에 속한다. 고진은 당연하게 일본을 이 속에 포함한다. 한국도 따라왔다고 말한다. 이게 바로 그가 말하는 '근대문학의 종언'이다. 하지만 많은 오류를 포함한다. "약한 사회 위에 세워진 국가주의의 비틀린 구조"(강상중, 『떠오른 국가와/버려진 국민』, 사계절, 2020, 9쪽) 위에 있는 일본의 국민문학과 국민문학을 넘어 끊임없이 민족문학을 사유해온 분단체제의 한국문학이 처한 사정은 다르다. 마찬가지로 이제 막 주변부에서 반(半)주변부로 도약하고 있는 제 3 세계의 일원이었던 인도의 문학이 처한 상황이 같을 수 없다. 아룬다티 로이의 진술은 소설을 버리고 사회운동에 뛰어든다는 말이 아니라 소설을 쓸 겨를이 없이 다급한 현실, "긴급한 개입"이 있었다는 말이다. 그녀가 소설을 포기한다고 말한 적이 없다고 하니("나에게 소설보다 중요한 것은 없다. 그것이 근본적인 나다. 나는 이야기꾼이다. 나에게 그것이 세상을, 세상사의 모든 춤들을 이해하는 유일한 방식이다"라고 〈가디언〉지와의 인터뷰에서 말했다고 한다. 민승남, 「히즈라의 공동묘지 파라다이스」, 『지복의 성자』 역자의 말, 문학동네, 2020, 582쪽) 이는 틀림없는 진실이다. 아울러 고진의 가장 큰 오해는 주변의 주변인 여성의 문제에 로이의 소설이 착목하고 있다는 사실에 대한 몰이해에 있다. 고진이 말하는 근대소설은 서구중심, 남성중심의 혐의를 벗기 어렵다. 이러한 점에서 서구든 비서구든 여성소설의 등장을 새롭게 인식하여야 한다. 가령 영국소설에 한정된 서술이지만 낸시 암스트롱의 『소설의 정치사: 섹슈얼리티, 젠더, 소설』(오봉희 외역, 그린비, 2020)를 들 수 있다. 아룬다티 로이의 소설은 비서구 (반)주변부 사회의 여성소설의 탄생이라는 흐름 속에 존재한다. 로이는 '주변성의 본질'을 꿰뚫어 본 작가이다. 『작은 것들의 신』이 로이의 고향인 케랄라의 아예메넴이라는 로컬을 무대로 한 가족 서사라면 『지복의 성자』는 인도의 이야기로 확장한다. 주변의 소수자를 통하여 정의와 사랑, 자유와 평등의 가치를 구현한다.

황석영은 『철도원 삼대』의 「작가의 말」을 통해 다음처럼 말한다.

어떤 이들은 지금 혼란에 접어든 신자유주의적 세계의 모습을 자본주의 세계체제가 몰락해가면서 무엇인가 다른 질서로 향하여 가는 이행기의 그것이라고 말한다. 이 고통의 기간을 줄이거나 늘리는 것은 오로지 현재를 살아가는 우리 자신의 노력에 달려 있다는 것이다. 방대한 우주의 시간 속에서 우리가 살던 시대와 삶의 흔적은 몇 점 먼지에 지나지 않을지도 모른다. 그리고 세상은 느리게 아주 천천히 변화해갈 것이지만 좀 더 나아지게 될 것이라는 기대를 버리고 싶지는 않다. (617쪽)

그러니까 여전히 문학을 '영구혁명'으로 생각하고 있다는 말이다. 이는 소설을 직업으로 생각하는 무라카미 하루키(무라카미 하루키, 『직업으로서의 소설가』, 양윤옥 역, 현대문학, 2016)와 변별되는 지점이다. 가라타니 고진이 말하는 근대문학은 주도권을 지녔던 근대소설을 의미한다. 보다 구체적으로 말하면 19세기와 20세기 중반에 이르는 장편소설의 전통을 말한다. 이 시기에 소설이 국민-국가의 동일성을 상상적으로 만들었고 인쇄미디어를 대표하였던 사실에 근거를 둔다. 소설이 내셔널리즘을 끌어가야 하는 사태도 약화되었을 뿐만 아니라 영화, TV, 디지털 기술에 기반한 컴퓨터와 인터넷 등으로 테크놀로지가 발전하였으므로 이미 근대소설의 역할이나 지위를 잃었다고 진단한다. 한편으로 국민-국가 이후인 세계화를 반영하고, 다른 한편으로 뉴 미디어의 출현에 따른 정보 양식 (마크 포스터)의 변화를 적극적으로 수용한다. 그래서 마셜 매클루언이 말한 문자 시대의 종언론을 이어받은 앨빈 커넌의 『문학의 죽음』과도 닿아 있다. 고진은 왜 근대소설의 종언이라고 하지 않고 근대문학의 종언이라고 했을까? 이는 곧 근대 이후를 설정한 탓이다. 만일 우리가 여전히 근대 속에 있다고 한다면, 그래서 여전히 근대문학의 행진 속에 있다고 한다면, 문제의 설정은 달라진다. 서로 다른 근대의 시간 속에서 라틴 아메리카, 동유럽, 아시아, 아프리카의 문학이 있다. 먼저 나온 서구의 문학이 모델일 수 없으며 나중 나타나는 비서구의 문학이 세계문학의 지도를 바꿀 수도 있다. 역사가 끝나지 않았기 때문이다.

3

근대문학의 융성 시대는 또한 오리엔탈리즘이 고조된 시기이다. 에드워드 사이드의 지적처럼 "유럽문화가 일종의 대리물이자 은폐된 자신이기도 한 동양으로부터 스스로를 소외시킴으로써 스스로의 힘과 정체성을 획득했다"(에드워드 사이드, 『오리엔탈리즘』. 박홍규 역, 교보문고, 1991, 17쪽)는 사실을 생각해야 한다. 특히 해양과 해양문학은 오리엔탈리즘의 선두 자리를 오래도록 지속한다. 그 기원에서 호머의 『오디세이아』를 배치하는 한편 『로빈슨 크루소』로부터 『모비딕』을 거쳐 『노인과 바다』에 이르는 역사를 주도한다. 이에 대하여 7세기에서 13세기에 이르는 이슬람의 바다와 정화의 대원정을 맞세워 보기도 하지만(미야자키 마사카쓰, 『바다의 세계사』, 이수열 외 역, 선인, 2017, 78~81쪽) 헤게모니를 바꾸긴 어렵다. 『천일야화』속의 신드바드 이야기도 분명 해양문학에 속한다. 하지만 근대 자본주의 세계체제라는 관점에서 서구의 우위를 부정하긴 힘들다. 그렇다면 이와 같은 해양문학을 어떤 시각으로 접근해야 할까? 해양경제의 부상과 경험적 사실주의의 대두라는 점에 주목할 수 있다. 시대를 초월하여 텍스트를 비교하는 방식이 아니라 국지적인 발생론을 찾아가는 방식을 생각한다. 이는 해양경제의 부흥과 사실주의의 발흥이라는 문제틀이다. 이에 따를 때 선후의 문제보다 서로 다른 근대의 양상을 이해할 수 있다. 가령 네덜란드 장르화는 문학은 아니지만 하나의 발생론적 예시가 된다.

츠베탕 토도로프의 『일상예찬』(이은진 역, 뿌리와 이파리, 2003)은 당시 일상생활을 묘사한 그림들인 장르화에 집중한다. 장르화는 종교화를 제치고 세속화가 성행하게 되는 사회문화적 변동과 연관된다. 앙드레 말로는 "네덜란드 회화는 접시에 생선을 놓는 법을 고안해 내는 것이 아니라 그 생선을 더이상 사도들의 양식으로 삼지 않는 법을 만들어내었다"(12쪽)

라고 하였다. 회화의 위계가 바뀌어 종교화가 세속화에 자리를 내어놓았다는 말이다. 당시 사람들을 테마로 삼는 회화 장르는 초상화, 장르화, 역사화이다. 이 가운데 장르화가 전무후무한 위상을 획득하였다고 츠베탕 토도로프는 평가한다. 장르화는 이름 없는 평범한 사람들을 그린다. 이것은 이미 아는 이야기가 있어야 한다는 관습을 거부한다. 인간의 삶을 직조하는 모든 행위들 가운데 테마를 선택한다. 이렇게 하여 17세기 네덜란드에서 역사상 처음으로 더 이상 종교나 신화 또는 역사적 영웅이 아니라 이름 없는 민중의 일상생활이 회화의 중심 주제이자 구성원리가 되었다. 여기서 토도로프는 일상을 사실적으로 그려내려는 사실주의를 주목한다. 개인주의와 사실주의는 서로 연관된다. 사실을 그대로 묘사하려는 데 개인의 동기와 의지가 중요하다. "사실주의적인 화법으로 사실적인 인물과 사물을 재현하는"(54쪽) 양식을 형성하였다. 사실주의가 우화와 알레고리를 압도한다. 실제 사실주의는 19세기의 용어이지만 네덜란드 회화의 사정을 설명하기에 적합하다.

17세기 네덜란드 장르화의 사례는 이언 와트가 소설의 발생을 사실주의와 결부한 일과 대응한다. 새로운 사실에 대한 지각과 경험을 재현하려는 욕망은 다니엘 디포우에게 『로빈슨 크루소』를 쓰게 한다. 이미 알고 있는 이야기를 반복하는 비극과 서사시가 아닌 새로운 양식인 해양소설(maritime novel)이 태동하는 지점이다. 그러니까 18세기 해양소설은 17세기 해양화와 장르화의 발생론적 전통을 계승한다. 해양화는 16세기부터 진행된 대양적 전환과 해양경제, 칼 슈미트가 말한 역동적인 해양 발흥의 시대가 유발한 문화적 변화에 상응하는 사실주의적 재현의 소산이다. 지속적인 도덕적 규범에 따르는 삶이 아니라 위반(transgression)과 우연(contingency)에 적응하며 새로운 가치와 목표를 지향하는 삶이 대두한다. 실제 경험을 기록하고 문화적 변화를 재현하려는 욕구가 해양에 대한 그림으로 표출된다.

해양화와 장르화는 17세기 네덜란드의 해양 모더니티(maritime modernity)를 반영한다. 토도로프도 장르화가 해양경제의 토대 위에서 형성된 사실을 지적한다. 그만한 경제적 배경 없이 일상의 평화를 마냥 예찬할 수 없다. 이는 17세기를 경과하면서 네덜란드 장르화가 보였던 비의가 다음 세기에 나타나지 않는 데서도 알 수 있다. 토도로프는 "네덜란드 일상 생활의 장르화는 역사의 정확한 한 순간에 속한다"(213쪽)고 지적한다. 이때 형성된 사실주의 미술의 전통은 이후 기교와 모티프로 전수될 뿐이다. "세상에 대한 애정, 삶의 기쁨, 현실적 일상의 예찬"(213쪽)은 사라지고 만다. 왜 토도로프가 말한 "결정적인 그 무엇"은 다시 나타나지 않을까? 네덜란드 장르화 이후 사실주의는 고통, 절망, 비참에 더 경도된다. "현실에 대한 따뜻한 호의"가 사라진다. 이는 곧 해양경제의 토대 위에서 꽃 핀 17세기 네덜란드의 영화가 퇴조한 사실과 병행한다.

다니엘 디포우의『로빈슨 크루소』는 이언 와트의 지적처럼 18세기 영국의 해양경제와 자본주의의 토대 위에서 발생한 경험적 개인주의와 사실주의의 소산이다. 인식과 구조의 양 측면에서 새로운 형식의 태동이라 하겠다. 이를 통하여 우리는 "경제적 종교적 개인주의와 소설의 발생이 맺는 관계의 성격"(이언 와트,『소설의 발생』, 강유나 외 역, 강, 2009, 125쪽)을 확인할 수 있다. 해양소설의 계보이지만 허만 멜빌의『모비 딕』은 전혀 다른 형식의 소설이다. 너새니얼 필브릭은『모비 딕』의 배경이 된 '에식스호 이야기'를 추적한 논픽션『바다 한가운데서』(한영탁 역, 다른, 2015. 원제는 In the Heart of the Sea)를 썼다. 그가 말하듯이 "멜빌은 태평양에서 경험한 것만 가지고 글을 쓰지 않았다. 고래잡이와 태평양에 관련된 학술 논문들과 기록들을 몰입하여 읽었다."(너새니얼 필브릭,『사악한 책, 모비 딕』, 홍한별 역, 저녁의 책, 2017, 11쪽) 경험적 개인주의에 포경과 포경선에 관한 박물학적 지식을 전하려는 욕망의 소산이다. 이와 더불어 당시 미국 사회의 실상을 내부에 담으려 하였다. 그래서 이 소설은 "태평양으로 고래를 잡으러 떠난 항해에 대한 소설이자 또한 남북전쟁을 향해 광분하듯 치닫는 미국, 그리고 그 이상을 말하는 소설"(14쪽)이 되었다. 이 소설 또한 향유 채취를 통하여 자본을 축적하고 이윤을 취하려는 해양경제의 바탕 위에서 발생한다. 구체적인 경험의 공간인 매사추세츠 소재의 포경선 출항 항구인 페어헤이븐이나 뉴베드퍼

드가 중요한 배경이다. 물론 소설 속에는 바다로 거의 50 킬로미터 나가야 있는 낸터킷 섬이다. 바로 이 섬에서 포경업이 시작되었다.

그렇다면 한국의 해양문학의 발생론을 어떻게 설명할 수 있을까? 앞에서 말했듯이 지중해에서 벗어나면서 시작한 서구의 근대 해양에 상응하는 한국의 해양은 언제인가? 다시 말하여 인도양, 대서양, 태평양으로 '대양적 전환'이 이루어진 때는 언제인가? 대양적 전환을 말한 칼 슈미트는 지중해를 연안의 범주에 둔다. 동/아시아 지중해가 제국의 지배하에 놓여 있었고 대양으로 가는 문이 차단당하였으니, 해방 전은 아니다. 1950년대 후반 원양어선이 출항하고 1960년대 상선이 부산항을 왕래하면서 수입과 수출을 주도하면서 시작한다. 이처럼 한국이 대양으로 나가려는 열망이 커진 때에 천금성과 김성식이 있고 이들의 해양소설과 해양시가 발흥한다. 이처럼 경제적인 고조기에 경험적인 개인주의와 사실주의가 결합한 해양문학이 발생한다. 돌이켜 볼 때 우리에게 해방은 해양의 해방이었다. 제국의 바다에 갇혀 있던 한반도가 해양으로 나아가는 길이 열렸다. 그런데 진정한 의미에서 이러한 해방을 실천한 장소(topos)가 부산이다. 비록 일본 제국이 만든 식민도시로부터 성장하였지만 부산, 구체적으로 해항도시 부산이 없었다면 한국의 근대화도 경제성장도 힘들거나 더뎠을 게 틀림이 없다. 그만큼 부산은 중요한 지정학적 위치에 놓인 도시였는

데 여기서 발전한 해양경제의 토대 위에 한국 해양문학이 경험적인 사실주의의 전통을 계승하면서 꾸준하게 생산되고 있다. 로컬이 세계와 교섭한다.

4

프랑코 모레티의 '멀리서 읽기'는 세계문학을 발견하는 방법이다.(Franco Moretti, *Distant Reading*, Verso, 2013) 이를 일국적인 수준으로 가져올 때 국민문학을 가려내는 방법이 될 수도 있다. 하지만 모레티의 방법은 번역 가능성이라는 전제 위에 있다. 영어, 스페인어, 불어 등과 같은 언어적 수행을 조건으로 하기에 유럽중심주의를 벗어날 수 없다. 만일 우리가 '번역 불가능성(untranslatability)의 정치학'(E. Apter, *Against World Literature*, Verso, 2013, pp.3~4.)을 염두에 둔다면 마땅히 모레티와 같은 세계문학을 거부할 수밖에 없다. 파스칼 까사노바의 세계문학론은 부르디외의 문학장 이론을 세계문학의 현실로 가져다 놓았다.(Pascale Casanova, *The World Republic of Letters*, trans M. B. Debevoise, Harvard University Press, 2004) 그녀는 마치 프랙털처럼 한 나라에서 일어나는 현상이 세계 스케일에서 나타나고 있다고 생각한다. 역시 번역 불가능성의 문제를 간과하고 있을 뿐 아니라 세계문학의 수도를 파리로 설정한 데서 프랑스 중심주의 내지는 유럽 중심주의의 혐의를 벗기 힘들다. 그렇다면 세계문학을 부정하고 자국 문학의 '자세히 읽기'(close reading)를 반복하면 될까? 번역되어 밀려드는 여러 나라의 작품들이 시장을 지배하는 사태가 온다면 자국 문학의 가능성이 줄어들고 말 일은 불을 본 듯 뻔하지 않은가? 이래서 번역 불가능한 주변부 혹은 반주변부의 문학이 처한 곤경이 분명하다. 가령 무라카미 하루키의 경우를 보더라도 그의 문학은 번역 가능성을 근간으로 쓰였다.

일국적 차원에서 진행되는 지역문학 연구나 지역문학론도 진화를 거듭하였다. 실증적인 고증을 지속하면서 국민문학 혹은 민족문학의 배치를 쇄신한다. 이러한 가운데 '비판적 지역주의'(critical localism)가 중요한 창작 방법으로 인식되었다. 비판적 지역주의에서 지역(local)은 새로운 가치 생성의 공간이다. 이는 전통적인 의미인 소외를 나타내는 표지이기보다 새로운 의미에서 창조를 가능하게 하는 진지라 할 수 있다.(A. Dirlik, *The Postcolonial Aura*, Westview Press, 1997, p.85) 지역은 전통과 근대, 식민성과 근대성, 문명과 자연 등의 가치들이 혼재한 장소이며 서로 양립하는 가치들이 종합되는 가운데 형성적인 가치들이 발생하는 공간이다. 일국적 수준을 넘어 전지구적 자본주의라는 세계체제의 전망을 지닌 비판적 지역주의는 자기비판을 가장 중요한 계기로 앞세우는 한편 타자 비판으로 이행하는데, 이와 같은 비판의 양날로써 담론의 합리성을 견지한다. 세계체제의 수준에서 진행되는 중심과 주변의 구조는 마치 프랙털처럼 세계 모든 지역에서 나타나고 있다. 비판적 지역주의는 이러한 지역이야말로 약속의 땅이자 새로운 이념이 발상하고 퍼지는 전도의 공간이라 생각한다. 그래서 이것은 지역 수준의 역사와 행위가 일국적 사회 시스템 변혁에서부터 세계체제의 개편을 요구하는 방향으로 연결된다고 생각한다.

임우기는 '유역문학론'이라는 개념을 제시하였다. "지역문학이라는 개념이 지니는 '중앙문단'에의 종속성 문제를 고민"(임우기, 「유역문학론」, 『영화가 있는 오늘의 문학』 2019년 가을호, 44쪽)한 데서 비롯하여 '인접한 지역들의 연합'을 "유역 개념의 지역적 조건"(45쪽)으로 삼는다고 한다. 이러한 조건 위에서 "서로 비슷한 자연권과 비슷한 경제생활권, 공통의 언어권과 전통문화권 등을 유역의 추가적인 기본조건으로 본 것"이라고 부연하고 있다. 물론 유역 개념에 민족문제를 포함하면서 "'방언문학'으로 수렴되는 동시에 '세계문학'으로 확장하는" "상생의 문화", "인민들의 죽음의 역사를 기억하는 것"(48~52쪽)을 주요 과제로 삼고 있다. 로컬의 "개별성과 고유성"(58쪽)에 방점을 둔 방법이다. 권역 간의 영향이나 국가, 지역 그리고 세계와 맺는 권력 문제 그리고 번역의 (불)가능성 등에 관한 고려가 충분하지 않지만, 의미 있는 발상이라 생각한다. 비판적 지역주의와 연동하면서도 이와 결을 달리하는 제안이다.

세계적인 작가 22인과 인터뷰한 엘리너 와크텔은, 작가들이 "주변성의 본질"을 인식하고 그것을 천착하고 있음을 발견한다.

우리 삶과 마찬가지로 작가의 삶 역시 부모님과 형제자매, 연인, 자녀와의 관계에 의해 형성된다는 사실을 나는 오래 전에 깨달았다. 그러나 내가 발견한 또 한 가지는 작가들의 가장 흔한 공통점, 가장 자주 나타나는 특징이 바로 주변성, 즉 이방인의 지위라는 사실이다. 그러한 위치에서 과거의 고통이나 외로움에서 비롯되었거나 지금도 비롯되고 있을지 모르지만 작가들은 대부분 이방인이라는 지위를 소중하게 여긴다. 작가가 세상을 고찰하는 관점과 자격은 바로 그러한 위치에서 나오기 때문이다. 역설적이지만 우리는 바로 작가의 주변성 때문에 작가가 보여주는 세상을 이해할 수 있다. (…) 이러한 역설—작가는 주변인이라고 주장하지만 글을 통해 자기 문화의 정수를 우리에게 보여줄 수 있다—은 많은 작가들의 삶에서 매우 중요하다. (엘리너 와크텔, 『작가라는 사람』, 허진 역, Xbooks, 2017, 7쪽)

에드워드 사이드가 말한 추방된 비전(에드워드 사이드, 『지식인의 표상』, 최유준 역, 마티, 2012)이 가지는 의의를 작가들의 구체적인 발언을 통하여 확인하고 있다. 세계적인 작가들이 보인 창작의 바탕은 어떤 중심이 아니다. 그들은 대다수 자신이 처한 자리를 로컬이라고 인식한다. 로컬은 경험적인 삶이 자리하는 장소이다. 하지만 이 로컬 속에 국가와 민족 그리고 세계가 여러 가지 형태로 들어와 있다. 오르한 파묵은 "글쓰기와 문학은 삶의 중심부에 있는 어떤 결핍, 행복, 그리고 죄책감과 깊이 연관되어 있다는 것을 상기시켜줍니다"(오르한 파묵, 「아버지의 여행가방」, 『아버지의 여행가방』, 이영구 외 역, 문학동네, 2009, 66쪽)라고 말한다. 작가는 자신이 중심에 있다는 착각을 경계해야 한다. 설혹 한 사회의 중심에 있다고 하더라도 그것이 지니는 폭력과 결핍을 인식할 수 있어야 한다. 이러한 점에서 로컬은 창작의 방법이자 사상이다. 오에 겐자부로도 "제 문학의 근본적인 형식은 개인적인 문제에서 출발하여, 그것을 사회와 국가와 세계로 연결시키는 것입니다"(오에 겐자부로, 「애매모호한 일본의 나」, 『아버지의 여행가방』, 211쪽)라고 진술한다. 이는 곧 "세계의 변경에 위치한 자로서 변경에서 전망할 수 있는 인류 전체의 치유와 화해를 위해" 모색해 나가려는 생각과 이어진다. 가브리엘 가르시아 마르께스도 다음과 같이 말한다.: "만일 세상의 주변부에서 자신의 삶을 가질 수 있다는 환상으로 사는 모든 민중을 합법적으로 지지하는 구체적인 행동을 옮기지 못한다면, 자신들의 잣대로 우리의 꿈을 재려는 유럽인은 우리를 더욱 외롭게 할 것입니다."(가브리엘 가르시아 마르께스, 「세계는 어떤 관점에서 라틴아메리카를 봐야 할

까」, 『아버지의 여행가방』, 267쪽)

로컬의 방법은 단지 포이에시스의 문제가 아니다. 가야트리 스피박은 "새로운 비교문학의 일반적인 기법의 한 부분"으로 "복사와 붙이기를 의미하는 텔레오포이에시스"(가야트리 스피박, 『경계선 넘기』, 문학이론연구회 역, 인간사랑, 2008, 79~80쪽)를 도입한다. 이를 다시 그녀의 말을 빌려 부연하면 다음과 같다.

> 아리스토텔레스는 상상력의 생성인 포이에시스가 역사보다 지식에 더 나은 도구라고 말해버릴 수도 있었지만 나는 그렇게 할 수 없다. 특히 우리는 상상력을 사적인 것으로 만들고 그것을 정치와 대립된 것으로 보는 시 공간에 살기 때문이다. 내가 앞에서도 말하듯, 모든 포이에시스는 텔레오포이에시스라고 보기 시작하라. 궁극적인 것을 생각하라. 즉 "도래할" 계속적인 교육적 임무를 생각하라. (85~86쪽)

난해하여 제대로 와닿지 않지만, 종족이나 국가로 환원하지 않고 시공간을 가로질러 생성하는 상상력의 힘을 창작과 비평의 중요한 개념으로 가져와야 한다는 주장으로 읽힌다. 가령 가라타니 고진이 아룬다티 로이를 이해하는 방식은 이에 미치지 못한다. 세계화 대신에 전지구성을 인식하는 일— "세계화를 거역하고 세계화를 전지구성으로 전위하려는 노력" (182쪽)—이 요긴한데, 이러한 점으로 보면 로이의 『작은 것들의 신』과『지복의 성자』가 놓인 자리가 분명하다. 스피박이 말하듯이 전지구성은 불가능한 형상으로 역사가 아니며 텔레오포이에시스를 요구한다. 로컬의 방법은 로컬의 구체적인 것을 통하여 전지구성을 상상하는 텔레오포이에시스와 만난다. 물론 이러한 문제의식을 텍스트를 통하여 세심하게 확인하는 일이 중요하다.

신화적 공간으로서 바다:
최인훈의 바다의 가능성

김건우 빌레펠트 대학교 사회학과 박사과정,
〈교수신문〉 독일 통신원

"가능성의 넓이. 그것이 모든 것을 결정한다."[1]

1. 바다와 최인훈의 문학

최인훈에게 '바다'가 갖는 의미는 매우 특별하다. 널리 회자
되는 "바다는, 크레파스보다 진한, 푸르고 육중한 비늘을 무
겁게 뒤채면서, 숨을 쉰다."로 시작하는 『광장』은 "흰 바닷새
들의 그림자는 보이지 않는다. 마스트에도, 그 언저리 바다에
도. 아마, 마카오에서, 다른 데로 가버린 모양이다."[2]라는 문
장으로 끝난다. 바다에서 시작해서 바다로 끝나는 이 순환은
'우로보로스'처럼 시작도 끝도 없는 자기지시적인 형식을 갖
는다. 자기지시가 그런 것처럼 바다로 형상화된 이 형식은 무

---

1   최인훈, 『유토피아의 꿈』, 최인훈 전집11, 문학과지성사, 2010, 198~199쪽.
2   최인훈, 『광장/구운몽』, 최인훈 전집1, 문학과지성사, 2018, 25쪽, 209쪽.

한을 형상화할 뿐 아니라, 무한에 대한 감정을 촉발한다. 도달을 매번 지연시키는 수평선을 자기 안에 갖는 바다는 자기 안에 자기를 포함하고 있는 가장 강력한 상징이기도 하다. 자기의 변화를 자기의 유지이자 자기의 사건이자 자기의 상태로 갖는 바다.

『화두』를 지속적으로 형식을 실험하고 탐구하는 '자기 반영적인 소설'로 정식화하는 최인훈은 이 작품에 대해 "그 모델 자리에다가 큰 거울을 갖다놓고 자기를 그리는 거죠. 그림 그리고 있는 자기가 비춰질 거 아녜요? 그러니까 쓰는 자기 이야기를 쓰는 소설이다."[3]고 하면서 그동안의 이야기를 회상해서 쓰는 것이 문학의 마지막 자리이고, 소설의 종착점이라고 말한다. 『화두』는 자기지시적인 형식이 문학의 한 극단이라는 명확한 자의식 속에서 쓴 작품인데, 그에 대해 작가는 "항해자의 기록"이자, 그 길은 문학이라는 '돛대'에 자기 자신을 묶고 소용돌이를 벗어나고자 하는 길이라고 증언한다. 이런 점에서 『화두』는 자신의 좌표, 문학의 좌표 그리고 자유로운 근대인으로서 한국인의 좌표를 문학의 형식으로 묻는 작업이다. 물론 그 좌표는 "결국 배는 바다에 있는 것이지 선실에 있는

---

3 최인훈, 연남경, 「두만강」에서 「바다의 편지」까지, 『길에 관한 명상』, 최인훈 전집13, 문학과지성사, 2010, 403~4쪽.

것이 아니기 때문"[4]에 움직이는 좌표이고, 좌초의 위험을 언제나 수반하는 좌표이고, 무엇보다도 자기 안에서 새롭게 변화할 수 있는 가능성을 갖는 좌표다. 『광장』의 바다가 처음과 끝의 시점이 다른 바다라면, 『화두』는 처음과 끝이 일치하는 의식적인 자기지시적인 형식을 취한다. 작품의 시작인 "낙동강 700리, 길이길이 흐르는 물은 이곳에 이르러 곁가지 강물을 한몸에 뭉쳐서 바다로 향하여 나간다."는 작품의 마지막인 "낙동강 700리, 길이길이 흐르는 물은 이곳에 이르러 곁가지 강물을 한몸에 뭉쳐서 바다로 향하여 나간다…"[5]와 같다.

또한 올해 발표 50주년이 되는 『하늘의 다리』의 마지막 문장은 "무지한 바다 앞에. 백치와 같은 푸른 짐승 앞에. 그리고 이 바다에서 LST를 내린 한 식구들이 종적 없이 사라진 이 실종의 책임자가 누군지 모르는 채로 말일세. 여보게 내게 좀 가르쳐주게"다. 주인공인 화가 김준구가 부산에 내려와서 그간의 자신의 삶을 회상하고 정리한 화두 역시 바다 앞에서 가능했다.[6] 예술에 대한 자신의 입장을 한편으로는 예술론으로, 또 다른 한편으로는 소설론으로 쓰여진 『하늘의 다리』의 주인공

---

4   최인훈, 『화두1』, 최인훈 전집14, 문학과지성사, 2014, 10쪽.
5   최인훈, 『화두1』, 최인훈 전집14, 문학과지성사, 2014, 23쪽 ; 최인훈, 『화두2』, 최인훈 전집15, 문학과지성사, 2012, 586쪽.
6   최인훈, 『하늘의 다리/두만강』, 최인훈 전집7, 문학과지성사, 2009, 138쪽.

김준구는 바다 앞에서의 사색을 친구 한명기에게 편지로 쓴다. "바다는 있는 대로가 바다야. 바다는 진화하지 않은 동물이야. 지구 상에서 몸집이 너무 큰 동물은 모두 망했는데 바다만은 이렇게 살아 있군. … 바다는 진화하지 않은 것이 아니라 처음부터 진화가 끝나 있었는가 하는 생각말일세. 바다의 족보는 간단하군. 처음이자 끝이요, 원시가 문화요, 조상이 바로 자기라는. 사람들도 옛날에는 그렇게 생각했던 모양이지, 자기들을."이라고 바다를 문명사적인 관점에서 대면하고 있다. 바다는 조상이 현재의 자기이고, 그렇게 처음이 끝이라는 점에서 완전한 자기지시와 자기포함의 원형과 같다. "나도 이 바다에서 나온 사람일세. LST에서 내려서 이 땅을 밟았지"[7]라는 말은 그래서 곧 나도 이 바다로 다시 돌아갈 사람이라는 운명의 다른 표현이다. 자기에서 다시 자기로 되돌아가는 시작도 끝도 없는 그 과정은 어떤 길을, 어떤 방법을, 어떤 형식을 필요로 하는 것일까.

더불어, 잘 알려져 있지 않지만 그의 두 편의 동화 중 한 편 『아기고래』[8]를 주목할 수 있다. 바다를 떠나 하늘을 날고, 하

---

7   최인훈, 『하늘의 다리/두만강』, 최인훈 전집7, 문학과지성사, 2009, 136~7쪽.

8   다른 한 권은 『순이와 참새』다. 최인훈의 딸, 최윤경은 한 인터뷰에서 『아기고래』에 대해 "고래가 사는 바다는 (『광장』) 이명준의 바다와 닮

늘을 여행하고 하늘을 살고자 하는 아기고래가 등장하는 이 작품에서 우리는 하늘, 우주까지도 바다로 형상화하고 있는 작가와 마주하게 된다. 『광장』의 어린이 버전일 뿐 아니라, 바다와 연관해서 본다면 바다의 확장으로도 볼 수 있다.

마지막으로, 이렇게 보면 2003년 12월 『황해문화』에 발표된 그의 마지막 소설이 「바다의 편지」인 것도 우연이 아닌 것처럼 보인다. 더구나 2018년 7월 23일 작고하기 직전 병상에서 최인훈은 『화두』의 서문 중 하나인 「20세기의 개인」에서 '항해자의 기록', '돛대'로 정식화한 것을 다시 한번 반복한다. 20세기를 살아온, 그리고 앞으로 살아갈 한반도 근대의 운명에 대해 병상의 그는 최후의 진술처럼 '오디세우스의 항해'를 말한 것이다. 그리고 이는 곧 사후 직후 출간된 그에 관한 방대한 논문모음집의 부제가 된다.[9]

있어요. 그가 자살했다는 시선을 아버지는 잔인한 해석이라고, 삶을 버린 게 아니라 가족 모습을 찾아간 거라고 하셨거든요. 이 책 '아기고래'에 그 마음이 숨어 있어요. '아기고래'는 어린이 버전의 '광장'이에요."라고 회상한다. 매일경제, 2019년 7월 22일자 "소설가 최인훈 막내딸 최윤경 씨 "소설 '웃음소리' 논하자셨는데… 벌써 1주기""" 참고.

9   이는 방민호의 증언에 따른 것으로, 그는 최인훈에 대해 "이 한바다 위 '난파선'에서 정박할 곳 찾아, 물결에 떠밀리면서도 방향타를 잡으려 안 간힘을 써온 처참한, 고독한 항해사였다."고 쓴다. 방민호, 「책머리에」, 『최인훈, 오디세우스의 항해』, 에피파니, 2018, 7쪽.

자기를 부정하는 것까지도 자기자신이 되는 역설을 존재의 구성원리로 하는 바다는 문학의 운명과 닮았다. 아니 문학이 바다를 닮았다. 문학은 언어라는 인공적인 매체의 성격 때문에 그 자체로 현실적면서도, 예술이 되기 위해서는 현실을 부정해야 한다. "문학의 비극적 이율배반의 운명"[10]이라고 할 수 있는 이런 역설 때문에 문학은 바다를 닮았다. 그러나 바다의 운명은 비극적이지 않다. 김준구의 말처럼, 바다는 있는 그대로 바다이고, 자기가 그 자체로 바다이기 때문에 비극적일 수 있는 요소는 '중립화'된다. 이것이 다른 것은 모두 사라지더라도 바다만은 살아남은 이유일 것이다. 비극적 이율배반의 운명을 갖는 문학은 어떻게 바다처럼 계속해서 자기변형을 자기로 하면서 지속할 수 있는가. 최인훈의 세계가 그토록 바다를 자기

---

10 "문학 작품을 쓴다는 것은 작가의 의식과 언어와의 싸움이라는 형식을 통하여 작가가 자기가 살고 있는 사회에 대하여 비평을 행하는 것이다. 그러므로 그것은 작가의 자유가 현실에 부딪혀서 일어나는 섬광이며, 작가에게 있어서의 현실은 언어 속에서의 싸움이다. … 언어는 현실에의 투명한 통로가 되며 이같이 하여 작가는 대지에 결박되어 있다. 언어 자체가 공동체의 효용을 위한 도구이기 때문에 언어를 택한 예술가인 문학자는 이미 공동체의 현실에 참여하고 있는 것이며, 문제는 어떤 자세로써 참여하고 있느냐이다. 그것도 음악과는 비할 수 없이 긴밀히 참여하고 있다." 최인훈, 『문학과 이데올로기』, 최인훈 전집12, 문학과지성사, 2009, 37쪽. 참고로 최인훈 전집에는 「우리를 슬프게 하는 것들」이라는 제목의 에세이가 두 편 수록되어 있다. 최인훈, 『유토피아의 꿈』, 최인훈 전집11, 문학과지성사, 2010, 14~17쪽 ; 최인훈, 『길에 관한 명상』, 최인훈 전집13, 문학과지성사, 2010, 295~299쪽.

의 환경으로 가졌던 예술적이며, 현실적이고 문명의 정신사적인 의미가 여기에 있다.

2. 「아기고래」: 바다라는 공간과 '별바다'

최인훈의 딸, 최윤경은 아버지 서거 1주년을 회고하는 자리에서 「아기고래」가 『광장』의 어린이 버전이라고 말한다. 이명준의 결정이 삶을 버린 것이 아니라 사랑의 이념을 따라, 미래의 시간을 현재에 살기 위한 또 다른 삶의 길을 선택한 것, 다를 수도 있는 삶을 살고자 한 것이라면[11], 「아기고래」에 등장하는 '아기고래' 역시 부모를 잃은 고아가 되는 것이 아니라,

11 1981년 발표된 희곡 『한스와 그레텔』의 2009년 서울연극제 공연을 위한 '작가의 말' 「사랑과 시간」에서 최인훈은 "이 작품의 한스와 그레텔은 그들 사이의 사랑과 기다림의 시간을 통해서 운명을 이겨낸다. 현대의 마녀인 정치의 포로가 된 한 쌍의 남녀에게 상상의 시공에서나마 해방을 선사하고 싶었다."고 말한다. 최인훈, 『길에 관한 명상』, 최인훈 전집13, 문학과지성사, 2010, 383쪽. '사랑과 시간'을 '식민지의 대용물'로 보는 대목은 다음을 참고. 최인훈, 『회색인』, 최인훈 전집2, 문학과지성사, 2008, 12쪽. 『회색인』에서의 '사랑과 시간'을 넘어선 「바다의 편지」에서의 '시간 너머의 시간'에 대해서는 연남경과의 대담에서 확인할 수 있다. 최인훈, 연남경, 「두만강」에서 「바다의 편지」까지, 『길에 관한 명상』, 최인훈 전집13, 문학과지성사, 2010, 422~423쪽. 지금 상세하게 논의할 수는 없지만, 이명준의 선택을 해석하기 위해서는 저자의 다음의 발언이 주목되어야 한다. "그는 환각에 압도되어 있었다. 이 직접적인 순간이 회피되었더라면 그는 살았을지도 모른다." 최인훈, 『길에 관한 명상』, 최인훈 전집13, 문학과지성사, 2010, 199쪽.

'별바다'에서 엄마, 아빠를 다시 만날지 확신하지 못한 채 또 다른 삶의 길을 나아가는 이야기라고 할 수 있다. 1983년 발표된 단편 「달과 소년병」에서 잘 보여준 것처럼, 다른 작품에서 거의 등장시키지 않는 아이나 어린이를 소재로 할 경우에도 최인훈은 소년병의 시선으로 일제 식민지 지배의 비인간성과 전쟁의 참상을 고발하는 것에 관심이 없다. 그의 표현을 빌리면, "비록 어린아이의 이야기였으나 보다 많이 어른의 이야기였다."고 할 수 있을 것이다.[12] 「아기고래」 역시 "옛날 옛날에 … 행복하게 오래오래 살았답니다."와 같은 통상적인 동화의 서사와 무관할 뿐 아니라, 그런 것에 영향을 받지도 않았다.[13] 또 그 중간에 고난의 과정을 완결적인 서사의 한 계기로

---

12 최인훈, 『회색인』, 최인훈 전집2, 문학과지성사, 2008, 48~49쪽.
13 문학의 경우, 직접 작품을 쓰지 않더라도 독서 자체가 '습작'을 어느 정도 대신한다는 점에서 최인훈에게 『두만강』 이전의 독서 경험 일체가 하나의 습작 과정이었다. 최인훈, 『유토피아의 꿈』, 최인훈 전집11, 문학과지성사, 2010, 334쪽. 작고하기 1년 전, 최인훈은 역사학자 정병준과 함께 사실상 공식적인 마지막 대담을 했다. 이 대담에서 제일 좋아하거나 영향을 받은 작가나 글이 있었는가라는 질문에, 그는 [광장]을 쓸 무렵까지도 자신은 "한국문학에 대한 지식이 전무했어요. 독자로서도 전혀 지식이 없었습니다. 이광수는 물론이고, 지금은 문학사에서 기본적으로 다루는 1910년대 소설 같은 걸 섭렵한 적도 없습니다. 문학에 대한 아카데믹한 인연, 한국 현대문학사를 아는 친구라든지, 스승으로 존경할 만한 기성 작가라는 것도 없었습니다."라고 답한다. "어떤 책에서고 *Dialektik*의 *D*자만 보아도 반한 여자의 이름 머리글자를 대하듯 가슴이 두근거리는" 대학 3학년 이명준, 자신의 서가에 월간 잡지가 한 권도 포함되어 있지 않은 것을 자랑으로 아는 "그에게는 모든 것"이었던 400

포함할 수도, 그런 단순한 세계상에 영향을 받을 수도 없었을 것이다. 인간은 동물과 달리, 자신의 환경에 무매개적으로 영향을 받는 것이 아니라, 자신의 환경을 스스로 확장할 수 있는 가능성과 능력을 갖고 있기 때문이다. 단적으로 말하면 동화라 하더라도 최인훈이 관심을 갖는 것은 말과 기호, 행위와 자연 간의 일대일대응이 더 이상 불가능해진 세계에 살고 있는 우리다. 그런 우리는 근대인으로서 어떻게 자유로운 주체성을 획득할 수 있는가가 문제가 된다.

이런 이유에서 '아기고래'가 부모를 잃은 고아가 되었다는 것을 강조하거나, 앞으로는 엄마, 아빠의 말씀을 잘 듣고 착한 고래가 되어야 행복한 삶을 살 수 있다는 목가적인 전망은 우

권 남짓의 책 중에 한국문학작품이나 한국문학에 대한 책은 없었던 셈이다. 최인훈, 『광장/구운몽』, 최인훈 전집1, 문학과지성사, 2018, 46, 51쪽. 정병준, 최인훈, 「『광장』과 4・19의 연관성」, 『역사비평』, 2019년 봄(126호), 116쪽. 등단하기 전까지 책이 그에게 갖는 의미에 대해서 "책이란 것은 언제나 유일하게 그 속에 들어가면 위안도 받을 수 있고, 어떤 힘도 느낄 수 있고 희망도 느낄 수 있고, 장래의 생활을 의식으로 보장도 해주고, 이런 모든 것이었지 않는가, 그런 생각이 드는군요."라고 김현과의 대담에서 밝히고 있다. 그러면서, 그 당시에 읽었던 우리나라 시인들이 있었는가라는 질문에, 최인훈은 "참 묘한 얘기지만 우리나라 시인은 전혀 없었어요."라고 답한다. 최인훈, 김현, 「변동하는 시대의 예술가의 탐구」, 『길에 관한 명상』, 최인훈 전집13, 문학과지성사, 2010, 68-70쪽. 또한 다음의 연구를 참고할 수 있다. 장문석, 「'우리 말'로 '사상(思想)하기」, 『최인훈, 오디세우스의 항해』, 에피파니, 2018.

리의 정형화된 풍속을 물신화하는 것이고, 현실의 중층적인 복합체에서 현실을 현실로 만들 수 있는 방법을 문제시하지 않고 그 방법의 정당성을 묻지 않는 것이다. 김동인을 빌리면, '발가락이 닮았다.'의 세계를 아기고래는 벗어나고 싶어한다.

「아기고래」는 "아빠, 나 하늘을 날고 싶어."라는 아기고래의 소원과 함께 펼쳐진다.[14] 이에 대해서 아빠고래, 엄마고래는 "고래가 날면 고래가 아니니까", "고래는 날지 못한단다."라고 하면서, "이렇게 좋은 바다를 헤엄치면서 놀면 됐지, 하늘을 날아서는 무엇 하려고 그러니?"라고 묻는다. 엄마고래와 아빠고래는 '발가락이 닮았다'의 세계를 살고 있다. 고래라는 자연적인 질서와 바다에서의 삶이라는 풍속에 사는 것이다. 고래는 하늘을 날 수 있다는 '풍문' 조차 그들에게는 풍문 이전에 소음이었다. 아기고래를 『광장』의 이명준으로 읽을 수 있게 되는 지점이다.[15] 『옛날 옛적에 훠어이, 훠어이』의 서사를 빌리면 영웅설화의 풍문처럼 영웅의 운명으로 태어난 아이는 풍속의 질서에 따라 살해되어야 한다는 것도 생각할 수 있다. 그렇

14 최인훈, 『아기고래』, 오숙례, 삼성당, 2004.
15 "인생을 풍문 듣듯 산다는 건 슬픈 일입니다. 풍문에 만족지 않고 현장을 찾아갈 때 우리는 운명을 만납니다. 운명을 만나는 자리를 광장이라고 합시다. 광장에 대한 풍문도 구구합니다. 제가 여기 전하는 것은 풍문에 만족지 못하고 현장에 있으려고 한 우리 친구의 얘깁니다." 최인훈, 『광장/구운몽』, 최인훈 전집1, 문학과지성사, 2018, 20쪽.

게 보면, 이 풍속의 세계는 아무런 정당화의 근거없이 사람의 목숨을 앗아갈 수 있다는 점에서 죽게 만드는 폭력을 행사한다. 아기고래는 자신의 목숨을 앗아갈 수도 있다는 그 풍속의 힘과 폭력을 모른 채, "바다는 심심해."라고 말한다. 엄마, 아빠를 다시 보지 못해도 좋을 만큼 아기고래는 하늘을 날고 싶은 것이다. 그리고 '삼세번'이라는 우리의 풍속처럼 아기고래는 그 날 밤, "엄마 아빠를 다시 보지 못해도 좋으니 하늘을 날고 싶다."고 세 번 말한다.

그러자 아기고래는 풍속의 세계를 벗어나 별바다를 날아다니기 시작한다. 하늘은 곧 바다가 되었으니, 별들은 바닷속 바위가 되었고, 별에는 산호가 자라고, 큰 별에는 큰 꽃이, 작은 별에는 작은 꽃이 피었다. 그렇게 달과 별들 사이를 바다처럼 유영하고, 바다에서처럼 별들을 마시고, 내뱉으면서 "아기고래는 밤새껏 별바다 하늘을 날아다니면서 놀았습니다." 바다에서는 이렇게 재밌지 않았던 것이다. 해가 떠오르고 아기고래는 이제 집에, 엄마 아빠가 있는 바다로 돌아가고 싶지만, 아무리 날아가도 엄마 아빠가 헤엄치는 바다는 보이지 않는다. 그날 밤, 집에 돌아가고 싶은 아기고래는 별들에게 엄마 아빠의 바다를 묻지만, 그에 대해 답을 해주는 별은 없고 이제 아기고래는 별도 신기하지 않고, 하늘을 날아다니는 일도 신기하지 않다. "엄마 아빠! 나, 다시는 하늘을 날지 않을게 날 데

려가."라고 아기고래는 울면서 말하지만, 아무도 대답하지 않고 무심하게도 끝없이 넓은 하늘에서 별들은 반짝이기만 한다. 그렇게, "아기고래는 날아갑니다. 별바다 위를. 어디로 가는지도 모르면서. 언제 엄마 아빠가 있는 바다로 돌아갈지 모르면서." 동화를 끝맺으면서, 작가는 "아기고래는 엄마 아빠가 있는 바다를 찾아낼 수 있을까요? 아기고래는 엄마고래 아빠고래를 만날 수 있을까요?"[16]라고 미래를 열어 둔다.

이 동화는 아기가 엄마 아빠를 결국 만난다는 것을 보장하지 않고, 아기가 이전의 풍속의 세계로 무사히 귀환한다고 말하지 않기 때문에 슬픈 이야기다. 동시에 영웅설화처럼 목숨을 앗아가는 생사여탈의 문제여서 뿐 아니라, 방향상실이 야기하는 공포 때문에 무서운 이야기이기도 하다. 이를 '아노미의 테러' terrors of anomy라고도 할 수 있을 것이다.[17] 작가가 "나는 12년 전, 이명준이라는 잠수부를 상상의 공방(工房)에서 제작해서, 삶의 바닷속으로 내려보냈다. … 우리가 인생을 모르면

---

16   최인훈, 『아기고래』, 오숙례, 삼성당, 2004, 41쪽.

17   Peter Berger, *The Sacred Canopy: Elements of A Sociological Theory of Religion*, Anchor Books, P.90. 버거에 따르면, "사회 안에 있다는 것은 정확하게 아노미적 테러라는 궁극적으로 '제정신이 아닌 것' insanity 으로부터 보호될 수 있다는 의미에서 '제정신인 것' sane 이다.", 같은 책, P.22. 버거의 논리에 따르면, 아기고래는 사회 밖을 갈구했기 때문에 아노미적 테러를 경험하게 된 것이다.

서 인생을 시작해야 하는 것처럼, 소설가는 인생을 모르면서도 주인공을 삶의 깊이로 내려보내야 한다. 그렇게 해서 그가 살아오는 경우 그의 입으로 바다 밑의 무섭고 슬픈 이야기를 듣게 되는 것이요-돌아오지 못하는 경우는, 그의 연락이 끊어진 데서 비롯하는, 그 밑의 깊이의 무서움을 알게 된다."고 했을 때의 그 무서움이다. 방향을 모르면서 방향을 찾아야 하는, 집으로 돌아갈 수 있을지 모르면서 계속 헤엄쳐야 하는 아기고래는 별바다의 '잠수부'인 것이다. 그는 삶의 깊이의 무서움과 슬픔을 체험할 것이다. 그러나 만약 풍속과 화해한다면 그런 무서움과 슬픔 대신, 아기고래의 표현을 빌리면 "심심해"라고 할 것이다. 어디로 가는지 모르면서, 아기고래는 앞으로 계속 별바다 위를 날아다닐 것이다. 아기고래가 앞으로 살게 될 곳이 자연적인 질서인 바다가 아니라, 하늘이라는 무한한 환상의 공간인 별바다라는 것에 주목하게 된다. 이는 앞으로 살펴볼 것처럼, 환상과 현실은 대립하는 것이 아니라 환상이 현실을 구성하는 현실 안의 현실이라는 현실 개념을 형상화한 것이라는 점에서 이 동화는 아름답다. 아기고래는 이제 별바다라는 신화적 세계에서 신화적인 깊은 만남을 추구하면서 자기의 길을 가야 할 것이다. 그렇게 길을 만들면서 현실 안의 현실을 살아가는 소리는 파도소리가 될 것이고, 별바다의 소리가 될 것이다. 그 이야기는 아기고래가 쓴 '바다의 편지'가 될 것이다.

이처럼 바다는 슬프고, 무섭고 또 아름다운 공간이다.

3. 부활의 형이상학과 신화적 만남 : 「바다의 편지」

슬프고, 무섭지만 아름다운 공간인 바다는 무엇보다도 '깊은 공간'이다. 최인훈의 세계와 대면할 때 갖게 되는 그 '깊이'에 대한 체험은 바다라는 깊은 공간에서 가장 일반적인 차원으로 확인하게 된다. "문제는 자기인 것이다. 늘 자기로 돌아오지 않으면 안 된다. 모든 추상명사는 넉넉한 광장 같은 것이다."라고 할 때, 바다야말로 넉넉한 광장으로서 추상명사로 읽을 수 있다.[18] 그러나 이 깊고 넉넉한 광장인 바다는 추상적인 것과 구체적인 것 사이의 여러 층위들을 모두 자신의 것으로 갖고 있기 때문에, 현실적이고 관념적이다. 이는 중층적 복합체로서 현실의 깊이와 부피를 추적하고 탐색할 수 있는 '정신적 시력'을 요구한다. "단순만으로는 안 되고 다양만으로도 안 된다. 침묵과 웅변의 합금을 만들 줄 아는 요술쟁이는 어디 있는가?"라고 물을 때, 그 요술쟁이는 어떤 영웅이나 카리스마적인 인물이 아니라, '침묵과 웅변의 연금술'이 전개되는 공

---

18 최인훈, 『소설가 구보씨의 일일』, 최인훈 전집4, 문학과지성사, 2015, 103쪽.

간으로서 바다 그 자체다.[19] 「바다의 편지」를 포함한 '바다'의 이미지가 갖는 의미에 대해 최인훈이 "바다라고 썼을 때는 바다임이 틀림없겠지만 이는 무궁무진한 뜻을 내포하고 있다는 것입니다. 바다는 바다이기도 하고 사람이기도 하고 나무, 꽃, 코끼리이기도 합니다. 독자의 관점에 따라 자유자재로 변형이 가능해야 합니다."라고 말할 때의 그 바다가 '침묵과 웅변의 연금술'이 전개되는 공간으로서 바다다.[20] 하지만 다른 한편으로 ""파도 위에서는 모든 것이 파도이다. 바다는 *Charakter* 라는 말이 가지는 근원적인 의미-그 말은 새겨넣다, 새기다, 각인하다 등의 의미를 가진 그리스어 *charassein*으로부터 왔다-에 있어서 아무런 *Charakter*를 가지지 않는다. 바다는 자유다."[21]라는 의미에서 바다라는 요술쟁이는 자신의 역량에 따라 자유 자체라고도 할 수 있다.

그러나 바다가 자유인 것과 바다에 대한 인식이 자유인 것은

---

19 이에 대한 상세한 설명은 다음을 참고. 김건우, 「신화적 만남과 우리-최인훈의 『하늘의 다리』와 자기동일성의 길」, 『문학과 사회』, 문학과지성사, 2020년 봄, 362~369쪽.

20 최인훈, 「남북조 시대의 예술가의 초상」, 『길에 관한 명상』, 최인훈 전집13, 문학과지성사, 2010, 355-356쪽. 더불어 「바다의 편지」를 읽을 때 뿐 아니라, 문학 작품의 일반적인 성격이 요구하는 것으로 "심층에 숨은 다른 겹"을 드러내서 찾아내는 방식의 '읽는 기술', 즉 "스스로가 말하는 사람이 되어보는 행위"를 주문한다. 같은 책, 354~355쪽 참고.

21 칼 슈미트, 『대지의 노모스』, 최재훈 역, 민음사, 1995, 14쪽.

다른 문제이고, 바다 안에서 자기동일성을 확인하고, 바다 안에서 자유롭게 기억하고, 자유롭게 자기들을 연결하는 능력이 곧 자유 자체인 바다는 아니다. 현실의 행위가 이상적으로 설정된 기준, 가령 이상적인 질서의 척도로서 자유와 낙차를 갖는 것은 그 자체로 문제가 아니라 오히려 현실에서 행위하기 위한 '인간적인 조건'이 된다. 그렇지 않으면 결정하고 선택할 수 없기 때문이다. 또 그럴 필요가 없기 때문이다. 현실에서 인간은 끝까지 계속 생각하고, 지속적으로 성찰할 수 없다. 대신 "현실의 행동은 어느 선에서건 이 의식적 성찰을 정지할 때에만 가능하다. … 실현된 행동이 이상적으로 설정된 기준과의 사이에 편차를 가질 것은 자명하다. 이 편차를 사후에나마 교정하는 방법을 모든 문명사회는 가져왔다. 반대 당파의 허용, 과학적 연구, 예술, 종교 같은 제도이다. 현실과 이념 사이의 편차를 현실적으로, 또는 상징적으로 보완하는 행동이다."[22] 이런 제도들 중 하나로서 문학 역시 이런 편차의 존재 때문에 가능한 예술이다. 바다는 그 '깊이' 때문에, 이런 편차에 대해서도 관념적으로 사고할 것을 요구하고, 관념적으로

---

22 최인훈,『길에 관한 명상』, 최인훈 전집13, 문학과지성사, 2010, 190쪽. 이에 대한 문학 작업에서의 표현은 다음과 같다. "그렇더라도 역시 쓰기 전의 준비가 언제까지나 연기될 수는 없고 어느 시점에서 그는 쓰기 시작해야 할 것이다. 즉 언제나 불완전한 상태에서 시작하지 않으면 안 된다는 말이다." 같은 책, 170~171쪽.

관찰하고 기술하는 것이 필요하며, 그래서 바다에 대한 형이 상학이 필요하다.

「바다의 편지」에 대한 중요한 대담에서 최인훈은 바다라는 공 간의 깊이에 대해 '자꾸 내려간다'고 강조한다. 좀 길지만 인 용해보면, 그는 "역사적 · 사회적인 해류에서 더 내려가서 인 류학적인 생명의 기류에서, 또 더 내려가면 형이상학의 해저 면, 그런 식으로 인간의 보편적인 조건까지 자연적으로 측량 의 추가 자꾸 내려가더라는 거죠. ⋯ 이제 말한 사회학적인 성 찰, 역사적인 성찰, 정치적인 성찰, 이런 식으로 점점 내려가서 보편적인 바다의 바닥에까지 내려가는 느낌을 나는 항해일지, 측량일지에 적었다 이거죠."라고 말한다. 물론 최인훈이 도달 한 인류 문명사를 관통하는 형이상학적인 인간의 조건은 피 난민 의식이다. "인류 자체가 무엇인가에서 소외된 존재고 인 류 자체가 말하자면 우주로 피난 온 존재"라는 점에서 그렇 다.[23] 인류의 보편성을 바다의 바닥에 이르는 깊이에서 확인할 때, 인간의 조건은 단지 생물학적인 신체에 국한되지 않는다. 자연적인 신체를 초과하는 이 자기는 "그가 직접 경험으로서 겪지 않은 일에 대해서까지도 정확하려고 할 때, 인간에게만

---

23 최인훈, 연남경, 「두만강」에서 「바다의 편지」까지, 『길에 관한 명상』, 최 인훈 전집13, 문학과지성사, 2010, 421~422쪽, 425쪽.

가능한 고유한 능력인 사고를 통하여 직접 견문으로 경험하지 않은 … 현실이라는 이름으로 현재 눈앞에 구체적으로 존재하는 결과에 대하여 무엇이라고 응답하는 행동"으로서 관념적이다.[24] 그것은 관념적인 행위이고, 자기와 비자아의 구별을 넘나드는 기억의 형식을 갖는다. 구별을 넘나든다는 것은 최인훈이 『화두』의 중심 상징으로 '기억'을 말하면서, "이 때의 기억은 사랑이기도 하고, 혁명이기도 하고, 그렇게 알고 썼습니다."[25]고 할 때의 의미에서 구별을 넘나든다는 의미다. 다시 말해서 구별을 무화시키고, 구별을 모른다는 것이 아니라, 오히려 구별을 더 문명화하고, 더 첨예화하면서도 더 부드럽게 하면서[26] 다양한 구별을 한다는 의미다. 그렇게 그 행위는 형이상학적인 행위가 된다.

「바다의 편지」에서 "느슨한 나 연합 같은 것"이 한 때 나였던 나는 나의 신체를 그리워하면서 우리가 되고, 내가 되면서 "우

24　최인훈, 『길에 관한 명상』, 최인훈 전집13, 문학과지성사, 2010, 189쪽.

25　최인훈, 김인호, 「기억이라는 것」, 『길에 관한 명상』, 최인훈 전집13, 문학과지성사, 2010, 332쪽.

26　"제행諸行이 무상無常한 이 삶에서 제일 슬기롭고 강한 것은 부드러운 움직임이다. 이 삶에서 서로 사랑하던 사람과 갈라지는 슬픔을 견디기 위해서도 부드러운 마음이 있어야 한다. … 바람직하지 못한 업業의 순환을 끊어버릴 수 있는 부드러운 마음을 되찾는 것이 현대인의 행복의 첫 조건이다." 최인훈, 『길에 관한 명상』, 최인훈 전집13, 문학과지성사, 2010, 131쪽.

리는 나를 느낀다." 그러다가, 점점 이 '연합 같은 것'은 '연합'
도 아니고, '같은 것'도 아니게 되면서 "언제부턴가 이 통일에
시차가 생겼다." 그 깊이를 알 수 없는 바다에서 보통 사람의
세 배쯤의 크기로 흩어져 누워 있는 백골의 각 부분은 결국에
는 서로 다른 부분들로 완전히 분리되고, 자신은 "자기들 주
변을 휩싸고 도는 무슨 슬픔의 기운 같은 것"이 될 것을 알고
있다. 이제 새로운 존재형식 속으로 들어가게 될 것을 느끼고
있는 나는 "나의 기억, 나의 추억의 단일성이 더는 지켜지기 어
렵게 될 모양"으로 그간 자신의 단일성과 통일성을 보장해주
던 "기억이 지금 이 시간 현재 이미 조금씩 달라지고 있다."[27]
이런 모든 것을 자기 관찰하고 있는 의식이 붙어 있을 구조는
이미 가슴뼈와 팔다리뼈에서 사라진지 오래다. 그 시간 만큼
그렇게 바닷물과 물고기, 그리고 그 심해까지 다다른 어스름
한 빛에 일렁이며 조금씩 어긋나고 있는 백골을 백골이 보고
인식하고 있다. 이 모든 기억이 사라질 것이며, 이 모든 추억
역시 바닷물 속으로 용해될 것임을 알면서. 그 때는 "내가 물
고기도 아니었고 바다도 아니었고 하물며 빛도 아니었던 때의
기억을 물고기가 된 내가, 바닷물이 된 내가, 빛이 된 내가 지
니지 못"할 것이다.

---

27 최인훈, 「바다의 편지」, 『바다의 편지』, 삼인, 2012, 512쪽.

곧 바다가 될 것을 알고 있는, 그래서 마지막 기억의 순간에 어머니에게 편지를 쓰고 있는 백골은 "휴전선으로 꼴사납게 잘라놓고는 보잘것없는 잠수정을 타고 검디검은 그믐밤을 골라 가자미 새끼처럼 기어 다"니는 "특별한 임무, 잠수정을 타고 최전방의 바다에서 정찰을 수행하는 특별히 위험한 임무를 지원"한 한 청년이었다.[28] 아버지와 휴전선을 사이에 둔 나라 간의 특별한 운명과 역사적인 불화를 상기하는 그를 보고 『광장』의 이명준을 떠올리는 것은 어려운 일이 아니다.[29] 넉넉한 광장으로서 추상명사라는 테제를 고려하면, 하얀 백골은 오히려 하나의, 그러나 넉넉한 광장인 추상명사로 그 의미를 일반화할 수 있다. 즉, 그것은 이명준이기도 하고, 최인훈 자신이기도 하고, 그 꼴 사납게 그어진 선 위, 아래에서 그것을 운명으로 알고 살아온 20세기의 한국인 모두이기도 하며[30], 궁극적으로는 근대인이기도 하다. 이것이 생물학적 층위, 정치학적 층위, 사회학적 층위, 역사학적 층위를 통과하여 더 아래에 있

---

28 최인훈, 「바다의 편지」, 『바다의 편지』, 삼인, 2012, 515쪽.

29 이명준과 분단의 역사에 관한 작가의 육성은 다음을 참고. 최인훈, 「『광장』의 이명준, 좌절과 고뇌의 회고」, 『길에 관한 명상』, 최인훈 전집13, 문학과지성사, 2010, 177~193쪽.

30 "『화두』에서 제시되었던 개체 기억과 계통 기억은 백골 안에서 융화를 일으킨다. '백골'이라는 익명성은 이 시대를 살아간 한민족 개개인을 모두 포함할 수 있게 한다." 백골의 이런 '추상성' 때문에 백골은 곧 바다가 되고, 파도 소리와 하나가 된다. 연남경, 「기억의 문학적 재생」, 『최인훈: 문학을 심문하는 작가』, 글누림, 2013, 171쪽.

는 형이상학적 층위에 도달한 성찰의 표현이고 형상화다.

그렇게 해체되는 신체들의 수만큼 기억들이 조금씩 어긋나고 있는 "여기저기 누워 있는 나. 여기저기 흩어진 나"는 이제 더 심각한 상황에 놓인다. "바닷속에서 점점 해체되어가는 그 젊은 넋은 한 개아(個我)로서 소멸되는 대신 일종의 신무(神巫)가 되어 "아우성치는 홍수소리"같은 세상의 모든 소리를 듣"[31]는다. 그 "바다의 깊이의 사방에서 부르는 소리"의 아우성은 "상자 속의 상자처럼", "주름살처럼 기억을 부른다." '상자 속의 상자'처럼 그 소리는 더욱 증폭되어 "큰 바다의 울부짖음"이 된다. 그 소리에 어울리는 시간은 낮이 아니라 밤일 것이다. 그 아우성의 무게에 고래가 몸을 튼다. "밤 속에서 들려오는 소리의 홍수들. 크낙한 홍수의 밑바닥에 누워서 아우성치

---

31 김명인 저,『영원한 경계인의 문학적 유서: 최인훈 「바다의 편지」』,『자명한 것들과의 결별』, 창비, 2004, 230쪽. 최인훈의 대담에서 이 작품에 대한 언급은 다음을 참고. 최인훈, 김명인, 「완전한 개인이 되는 사회」,『길에 관한 명상』, 최인훈 전집13, 문학과지성사, 2010, 345~346쪽. 이 '신무' 神巫에 대해서 김명인은 1962년 발표된 중편『구운몽』에 삽입된 자작시 「해전海戰」을 특정하고 있고, 연남경은 「해전」과 더불어『하늘의 다리』 제13장을 특정하고 있다. 김명인 앞의 책, 233쪽 및 연남경, 「기억의 문학적 재생」,『최인훈: 문학을 심문하는 작가』, 정재림 엮음, 글누림, 2013, 172쪽 이하 및 최인훈, 연남경, 「『두만강』에서『바다의 편지』까지」,『길에 관한 명상』, 최인훈 전집13, 문학과지성사, 2010, 419쪽.

는 홍수 소리를 듣는다. 너무 큰 아우성치는 홍수 소리를 듣는다. 너무 큰 아우성은 소리도 없다."[32] 내가 나 아닌 것이 되고, 내 속에 누구의 것인지 모를 넋두리들이 흘러들어오는 이 모두는 "무섭고 슬픈 기억"이다.

그러나, '놀라운 기억 재생장치'를 갖추고 있는 또 다른 나를 발견하는 것도 나다. 지금으로부터 아주 먼 미래의 어느 날인 그 날, 이 무섭고 슬픈 이야기를 극복할 정도로 진화한 인류가 되어 있을 우리는 이런 절망의 힘을 넘어서 있다. 이 넘어서는 힘은 역설적으로 지금의 내가 소멸하여, "영원한 미래의 그 날의 부활을 위한 장정長征"을 시작하고 먼 훗날 다시 내가 되는 것으로 생겨난다. 우리는, 나는 사라지기 시작해야만 부활할 수 있다. 그리고 그것은 "말을 건설"하는 것에 다름 아니다. 지구가 한 줄의 시가 되고, 지구가 말이 되며, 지구의 말을 알아들을 수 있기 위해서, 또 "지구만 한 말을 건설하기 위해서 시인은 불면제를 마신다." 그러나 말을 건설하는 것은 시인의 전유물이 아니다. '어머니'를 마음 놓고 부를 수 있는 나, 내가 아닌 다른 누군가의 말로 변신해서 옮아다닐 수 있는 나라면 누구나 '부활을 위한 장정'을 시작할 수 있다. "다시 만날 그때

---

32 최인훈, 「바다의 편지」, 『바다의 편지』, 삼인, 2012, 518~519쪽, 523쪽.

까지."[33]

'상자 속의 상자'가 바다의 넓두리를 증폭하듯이, '자기 안의 자기' 속에서 우리는 더 큰 우리 자신을 만난다. "많은 '나'들의 연결, 그것이 나라고 한 묶음으로 편의상 불리는 것"이기도 하고, 그럴 때 "보통 자기라고 여겨오던 존재는 실은 그림자에 지나지 않고 진실한 자기는 어떤 신화적 존재라는 것을 깨닫게 된다." 자신이 신화의 주인공임을 발견하게 되는 것이다. 이명준이 최인훈의 세계에서 신화의 주인공인 이유는 그가 신화적인 삶을 살았거나, 신화적인 전범을 우리에게 제시해서가 아니다. 신화는 "특별한 사람들의 이야기가 아니라, 보통 사람이 깊게 살아갈 때 그 인생을 부르는 이름"이기 때문이다.[34] 나는 다른 나인 너와의 신화적 만남을 통해 우리가 되기도 하지만, 형이상학적인 깊이에서 나는 '많은 나들'과 신화적 만남을 갖는다. 어느덧 바닷속에서 편지를 쓰고 있는 나를 보고 의식하는 나 자신이 넉넉한 광장의 추상명사가 된다.

깊은 공간으로서 바다는 슬프고 무섭지만 아름다운 공간이다. 이런 모든 공간으로서 바다는 최인훈에게 하나의 '추상명

---

33 최인훈, 「바다의 편지」, 『바다의 편지』, 삼인, 2012, 523쪽, 525쪽.
34 최인훈, 『길에 관한 명상』, 최인훈 전집13, 문학과지성사, 2010, 121, 123, 133쪽.

사'이고 추상적인 공간이기도 한데, 그런 점에서 바다는 앞서 지적한 것처럼 '중립화'의 공간이다. 그럴 때, 바다는 부활을 노래할 수 있는 형이상학의 공간이 된다.

4. 바다의 소리 : 우연성의 복합체와 신화적 세계의 소리

바다에 대해 지각할 때, 우리는 시각적인 차원뿐 아니라 청각적인 차원에도 개방되어 있다. 차라리 바다라는 환경이 우리를 감싸안기 때문에 우리가 바다에 노출되어 있다고도 할 수 있다. 바다는 곧 이명준의 갈매기 소리이며, 파도가 밀려오고 나가면서 부서지는 소리이고, 그렇게 경계를 만들고 다시 지우기를 반복하는 소리이며, 바다의 한 부분으로서 모래와 자갈이 보다 큰 자신인 바다와 만나는 소리이다. 바닷소리는 항상 흘러넘쳐서 잠깐의 상념만으로도 사라지다가도, 그 상념이 희미해지자마자 곧바로 들리는 소리다. 바닷소리는 유령처럼 우리 주변을 배회할 뿐 아니라, 하나의 매체로서 언제나 형식이 될 수 있는 가능성을 갖고 우리를 둘러싸고 있다.

여기서 최인훈의 에세이 「바닷가에서」를 주목하게 된다. 바다 소리는 "들어도 속을 알 수 없는 저 소리"로 나를 둘러싸고 있지만, 나와의 거리를 감각하지 않을 수 없는 소리다. "바다 소리는 내 속에 넘칩니다. 그러면 내 속에 있는 온갖 것들이 그

속에 잠깁니다. 그것들—집이며, 도시며, 내가 한 공부며, 뭇사
람이며, 먼 나라의 뒷골목이며, 그런 것들이 바다 소리"이기
때문일 것이다.[35] 이처럼 바다소리는 이질적인 것들, 어떤 공
통점도 없는 것들이 하나로 뒤섞여 있는 소리다. 다성多聲성
의 통일성으로서 파도소리에 흡수되는 것들은 서로 대립하
는 것도 아니고, 모순되는 것들도 아니다. 오히려 그것들은 서
로 간에 다를 수 있고, 필연적이지도 불가능하지도 않다는 의
미에서 우연한 것이며, 그러한 구성물로서 '우연성의 복합체'
complexio contingens이다.[36] 「바다의 편지」에서 자기해체 중
인 '백골'이 기억의 연결이 모두 분리되기 마지막 순간에 어머
니에게 편지를 띄우는 곳 역시 바다이며, 그 편지라는 파도소
리에 어머니는 또 다른 파도소리로 응답할 것이다.

이제 바다소리, 파도소리는 '넋두리'가 된다. 언제나 다르지만
또 언제나 '거기에' da 다름없이 있는 파도소리. 이렇게 뜻이

---

35 최인훈, 『길에 관한 명상』, 최인훈 전집13, 문학과지성사, 2010, 157쪽.
    이는 「바다의 편지」에서 다음처럼 변주된다. "백골은 사랑도 못하고 진
    학도 못하고 취직도 못하고 도서관에도 가지 못하고 책도 읽지 못하고
    음악도 듣지 못하지요. 알고 싶고 하고 싶은 일이 그토록 많았는데. 내
    가 하고 싶었던 일은 살아 있는 사람들이 해나가겠지요." 최인훈, 「바다
    의 편지」, 『바다의 편지』, 삼인, 2012, 516쪽.
36 Niklas Luhmann, *Soziale Systeme*, Suhrkamp, Frankfurt, 1984, P.52
    ; Niklas Luhmann, *Kontingenz und Recht*, Suhrkamp, Berlin, 2013,
    P.61.

없어서 무엇이든지 '거기에' 마음껏 부를 수 있는 소리, 넋두리인 파도소리는 너무 많이 생각하고 너무 복잡하게 생각하는 것과 아무런 생각이 없는 것을 차별하지 않는다. 무차별의 소리는 무차별의 공간의 '거기에' 항상 다름없이 다르게 있다. 그런데 최인훈은 바닷가에서 바다소리를 들으면서, 이런 소리를 들을 수 있는 구멍이 삶에 필요하다고 말한다. 상실되면 안 되는 그 구멍, 오히려 삶을 삶으로 만드는 그 형식은 바다가 어떤 잉여의 공간임을 암시한다. 모든 우연한 것을 다 자기 것으로 하지만, 여전히 자기 것이 될 또 다른 가능성을 자기로 갖고 있는 이 잉여의 자기포함적인 구성이 바다다.

바다의 이런 자기포함적인 구성은 최인훈의 표현을 빌리면, "자기반영적인 연속된 자기 동일성"이라고 할 수 있다. 이 때 연속적이라는 것은 "강물이 흐를 때 윗부분과 아랫부분이 아무 끊어짐 없이 흐르는 게 물이죠. 시원에서부터 바다에 들어갈 때까지. 그건 아무리 긴 압록강도 두만강도 마찬가지죠. 그게 연속이라는 거죠."라는 의미에서의 "물리적 접합"이라는 수평적인 측면과 함께, "심층적인 바다의 위하고 밑이 무슨 경계가 있겠어요? 우리가 측량의 편의상 상층과 하층이라 했겠죠. 바다 자체는 위에나 아래나 경계가 없을 거 아녜요? 그런 식으로 연속된 자기 동일성이 있었다고 결과적으로는 진단할 수 밖에 없죠."라는 의미에서 수직적인 측면을 모두 포괄하는

규정이다.[37] 바다에 대한 이러한 표상을 통해 바다는 신화적
인 의미를 획득한다.

자기동일성은 자연으로서 자기, 인간적 자기, 과학적 자기, 환
상으로서 자기의 층위를 구별하면서 각각의 층위들이 '자기-
다양성'으로 중층화되어 있다. 「인간의 Metabolism의 3형식」
에서 볼 수 있는 것처럼 자연, 지식과 과학 그리고 환상이라는
각각의 동일성, 즉 '생물적 동일성', '문명적 동일성' 그리고 '예
술적 동일성'은 자율적인 자기-다양성을 가지면서 자기-동일
성을 구성한다. 이 때, 환상은 "나와 세계의 모순을 모순대로
유지하면서도 나와 세계를 초월해 있다는 상태"로서 "예술은
이 형태를 자각적으로 운용하는 기술"이다.[38] 이는 자기-다양
성들 간의 혼선 가능성을 부정하는 대신, 그것 자체를 존재의
운용원리이자 계기로 긍정하는 것이다. 나와 세계의 관계는
나 안에 다시 나와 세계의 관계가 재진입 *re-entry* 하는 내 안

---

37 최인훈, 연남경, 「『두만강』에서 『바다의 편지』까지」, 『길에 관한 명상』,
    최인훈 전집13, 문학과지성사, 2010, 413~414쪽 및 419~420쪽. 이런
    바다의 '깊이'와 '연속성'에 대한 측면에 대한 고려와 이를 주체적으로
    측량하고 항로를 개척한다는 시도 때문에 『화두』의 제목으로 염두에
    두었던 것은 '측량선', '쇄빙선'이었다. 이에 대해서는 같은 대담, 415쪽
    참고.
38 최인훈, 「인간 Metabolism의 3 형식」, 『길에 관한 명상』, 최인훈 전집13,
    문학과지성사, 2010, 284~294쪽, 여기서는 292쪽.

에서의 나와 나의 관계다.[39] 그 재진입하는 나 안에서 생물적 자기와 문명적 자기 그리고 예술적 자기는 혼란스럽게 뒤섞이게 된다. 그것은 각각의 자기들이 수평적인 차원에서 공존하는 것이기도 하면서, 동시에 각각의 자기들이 수직적인 층위에서 깊이를 획득하는 것이기도 하다. 이렇게 되면, 환상은 현실과 동떨어져 있는 것이 아니라, 현실을 구성하는 현실 안의 현실이라고 할 수 있다.

자기의 변화를 자기의 유지이자 자기의 사건이며, 자기의 상태로 갖는 바다는 이런 현실 안의 환상의 현실, 환상 안의 현실의 환상, 현실 안의 환상의 환상, 환상 안의 현실의 현실을 '현실 안의 현실'의 형식으로 갖는다. 이런 재진입 형식을 갖는 바다는 신화적 세계가 된다. 바다가 깊다는 것 그것은 환상까지도 자기 안에 포함하는 이러한 현실의 다양한 형식들을 갖는 현실의 깊이로 읽을 수 있다. 최인훈에게 바다는 그런 현실

---

39 『화두』에는 '마뜨료쉬까 인형'의 형상을 통해 이를 표현한 흥미로운 대목이 등장한다. "나무 인형들은 현란한 색깔이 칠해지는데 이 도자기 인형은 이 가게에 있는 다른 도자기들처럼 흰색과 청색이다. 인형 속의 인형 속의 인형 속의 … 나의 속의 나의 속의 나의 속의 … 우주 속의 은하계 속의 태양계 속의 지구 속의 한국 속의 서울 속의 우리 집 속의 나의 속의 나의 속의 나의 속의 … 인형을 보고 있는 나 속의 인형을 보고 있는 나 속의 인형을 보고 있는 …", 최인훈, 『화두2』, 최인훈전집15, 문학과지성사, 2012, 578쪽.

그 자체이기도 하고 그러한 현실의 자기변형의 상징이기도 하다. 그리고 우리는 그 바다에 파도가 있기 때문에, 바닷소리를 듣고 그렇게 바다에 편지를 쓸 수 있고 그것은 다시 '바다의 편지'가 된다. 바다의 편지는 바다에 쓴 편지이기도 하지만, 편지를 쓴 우리 모두 다시 그 편지의 주소지인 바다가 될 것이기 때문에 바다가 쓴 편지이기도 하다. 수신자와 발신자가 같은 편지가 바다의 편지다.

그래서, 「아기고래」의 아기고래와 「바다의 편지」에서 '어머니'를 부르는 백골[40]은 하나다. 『하늘의 다리』의 김준구의 말을 빌리면, '처음부터 진화가 끝난 처음이자 끝인 바다', '원시가 문화이고, 조상이 바로 자기'인 바다이기 때문이다. 엄마와 아빠를 찾는 아기고래의 외침도, 최후의 순간에 어머니를 찾는 백골의 외침도 모두 파도소리가 된다. 그리고 그것을 관찰하고 기록하고 있는 나는, 그런 나를 다시 관찰하는 나는, 그렇

---

40 "어머니, 우리가 다시 만날 때까지는 너무나 오래 기다려야 할 지금, 그리고 그동안에는 제 이 부르짖음이 비록 바다며 별이며 바람이며 나뭇잎이며 어쩌면 지금 내 의식에 끼어드는 저 넋두리처럼 나와 알지도 못하는 다른 어떤 남의 말에까지 변신해서 옮아다닐 수는 있어도, 그것은 여전히 이 지금 생생한 내가 부를 수 있는 이름, '어머니'가 아니겠기에 나는 지금 어머니를 불러봅니다. 어머니, 들리지 않으시지요. 그래서 마음놓고 부릅니다. 어머니, 부디 안녕히 계세요. 다시 만날 그때까지." 최인훈, 「바다의 편지」, 『바다의 편지』, 삼인, 2012, 525쪽.

게 관찰하는 나의 의식이 해체되는 것을 관찰하는 나는, 그런 관찰을 의식하면서 관찰하는 나는, 그런 관찰들에 대한 기억이 소멸되어 가는 나는, 그렇게 소멸되어 가는 것을 기록하고, 기억하고자 하는 나는, 이 모두에 대한 기억은 모두 바다에서 하나가 된다. 바다는 신화적 공간이다.

5. 신화적 공간으로서 바다

바다는 한편으로는 원시인으로, 다른 한편으로는 문명인이 마주하는 하나의 지평이다. 바다는 더 많은 가능성의 크기를 하나의 전망으로 제공하는 공간이기도 하고, 그 가능성을 실현하기 위한 풍속과 방법의 결합으로서 관념이 역사적이고 현실적으로 전개되는 행위의 장이기도 하다. 바다는 "방법과 풍속 사이에 존재하는 긴장"으로서 주체성이라는 능력을 현실화하기 위해서 시점과 좌표가 필요한 공간이다.[41] 그렇게 바다는 미래라는 더 많은 가능성의 크기를 하나의 전망으로 제공하는 공간이기도 하지만, 동시에 미래라는 불확실한 시간에 대한 불안을 넘어서는 '시간의 시간', 즉 "절대적인 시간, 형

---

41   최인훈, 『문학과 이데올로기』, 최인훈 전집12, 문학과지성사, 2009, 183
     쪽. 이를 김인호는 "'관념의 근대성'없이는 근대성을 이룰 수 없다."고 정
     리한다. 김인호, 『해체와 저항의 서사: 최인훈과 그의 문학』, 문학과지성
     사, 2004, 40쪽.

이상학적 시간, 시간 너머의 시간, 일종의 환상의 시간"이 전개되는 환상의 공간이자 무한의 공간이다. 그러나 무한의 공간은 해소불가능하고 도달불가능한 인간성의 자기실험의 장이기도 한 만큼, 불안과 공포를 경험하는 문명인의 내면에 '원시인이 되기 위한 문명한 의식'을 요구하는 공간이다.[42] 이때 예술의 다른 이름인 '원시인이 되기 위한 문명한 의식'은 바다를 환상의 공간으로, 예술의 현실로 대면한다. 시간을 넘어선 시간의 공간인 만큼 바다는 '우연성의 복합체'로서 기계적인 복합체 그 이상의 공간, 그것보다 더 많은 과잉과 잉여의 공간이다. 그 공간에서 역사는 현실이 되고, 더 많은 가능성이 유지되고 그것들 중에 어떤 것들은 문명의 형식으로 실현된다. '원시인이 되기 위한 문명한 의식'이 바다에 대한 하나의 이념이 되는 것이다. 그러나 문명이 확장할 때 무한에 도달하는 대신, 무한의 지평은 더 멀어진다. 그런 점에서 바다는 지평 *Horizont*으로서 수평선을 갖는다. 수평선은 도달할 수 없는 무한에 대한 상징이자 그 안에서 펼쳐지고 전개되는 온갖 양상들과 그 역사성이 현실이 될 수 있는 가능성의 경계다. 환상으로서 현실이 현실 안에서 전개될 수 있는 지평인 것이다. 그런 이유에서 바다는 그 자체로 형식이 될 잠재성을 갖고 있

---

42 이에 대해서는 다음을 참고. 김건우, 「신화적 만남과 우리-최인훈의 『하늘의 다리』와 자기동일성의 길」, 『문학과 사회』, 문학과지성사, 2020년 봄, 380~381쪽.

는 매체라고도 할 수 있다.[43] 따라서 바다는 무한과 유한이 자기구성적으로 상호제약하는 현실을 환상이라는 이름으로, 또 그런 환상으로서 현실을 현실 안의 현실로 갖는다. 「바다의 편지」가 보여주는 것처럼 자기해체하는 자기가 되는 바다는 그 무엇보다도 자기포함적이고, 자기지시적인 존재의 형이상학에 대한 하나의 상징이다. 『화두』의 화두이기도 한 기억의 문제로서 주체성, 오로지 기억들의 연결로서 현상하는 주체구성의 문제 역시 자기지시의 형식을 통해서 의미를 갖는다. "파도 위에서는 모든 것이 파도다"[44]라는 슈미트의 지적은 최인훈의 바다의 자기지시적인 형이상학의 맥락에서 그 깊은 의미가 이해될 수 있는 것이다.

파도 위에서 모든 것이 파도임에도 불구하고 또 그렇기 때문에 파도 위에는 길이 필요하다. 물론 그 길은 파도 위의 길이기 때문에 다시금 파도가 되어버리는 길이다. 현실화되자마자 사라진다는 점에서 그 길은 '사건'이다. 사건으로서 파도 위의 길 그리고 파도는 지평으로서 수평선과 더불어 자기포함적인 존재의 형이상학을 매우 잘 형상화한다. 루카치가 "경계가 갖

---

43 매체와 형식의 구별과 그에 따른 의미 생산의 문제를 사회학적으로 주제화한 것으로는 다음을 참고. 니클라스 루만, 『사회의 사회1』, 장춘익 역, 새물결, 2014, 61~80쪽, 229~243쪽.

44 칼 슈미트, 『대지의 노모스』, 최재훈 역, 민음사, 1995, 14쪽.

는 이중의 의미는 충족이자 동시에 체념"이라고 할 때, 그것으로 최인훈의 형이상학을 루카치의 것처럼 '비극의 형이상학'이라고 할 수 없다.[45] 오히려 그 경계 *Grenze*는 경계의 안과 밖의 구별, 경계의 이 면과 다른 면의 구별이라는 하나의 차이로서 형식인데, 형식 자체는 스스로 자신의 통일성을 실현할 수 없다. 이런 점에 주목해서 형식은 처음부터 비극적이라고 읽어야할 것이 아니라, 완성될 수 없는 형식의 통일성은 형식과 함께 새로운 가능성들이 계속해서 전개되고 펼쳐진다고 읽어야 한다. 그 형식은 바다 위에서 파도가 출렁이게 하면서 운동하게 하는 형식이고, 그렇게 파도 위에서 길을 만들어 내는 형식이다. 바다가 형식을 필요로 하는 매체라는 것은 그 표면, 즉 파도의 측면에서 볼 때 이런 의미를 갖는다. 형식은 '충족이자 동시에 체념'이라기보다는 '체념하면서 더 많은 충족' 또는 '체념하기 때문에 더 많은 충족'을 가능하게 하는 잉여를 산출하는 하나의 힘이다. "환상 없는 삶은 인간의 삶이라 불릴 수 없다. 환상 있는 곳에 길이 있다. 현실이여 비켜서라. 환상이 지나간다. 너는 현실에 지나지 않는"[46] 환상을 위한 길, 환상이 '지나가는' 길을 바다에서 보게 된다. 환상의 공간으로서 바다가 갖는 형식은 이런 의미에서 비극의 형이상학을 위한

---

45 Georg von Lukàcs, "Metaphysik der Tragödie" in *Logos* Ⅱ, 1911, 89쪽.
46 최인훈, 『유토피아의 꿈』, 최인훈 전집11, 문학과지성사, 2010, 198~199쪽.

형식이 아니라, 부활의 형이상학을 위한 형식이다. 그럴 때, 주체성은 역사성을 획득하면서 하나의 신화가 되고, 부활의 형이상학의 형식을 갖는 바다는 신화의 공간이 된다.

"모든 사람의 가능성에 길을 열어주는 것. 이것이 참다운 '넓이'다. 가능성의 넓이. 그것이 모든 것을 결정한다."[47]고 할 때 그 참다운 '넓이' 뿐 아니라 그 넓이를 유지하는 깊이의 공간이 바다. 그 자기지시적인 공간에서 존재는 생성하고, 주체성으로 구성되며, 또 자기로 사라진다. 기억의 누적뿐 아니라 기억의 아우성들까지 모두 그 깊이로 포함하는 그 공간은 무수한 가능성의 길들의 역사를 자기 것으로 한다. 그 역사의 깊이만큼 바다는 신화의 공간이 된다. 이 신화의 공간에서 우리는 어떤 역사를 파도 위에 그리면서 지나가게 될까? 그리고 그 때 그 길은 어떤 길일 수 있는가. 바다는 자유의 공간이어서 '선택의 원칙적인 비제한성'을 가능성의 넓이로 갖는다. 「아기고래」가 그런 것처럼, 이런 비제한성은 '아노미의 공포'를 제공할 수 있고, 우리는 그 속에서 새로운 '잠수부'가 되어야 할지 모른다. 잠수부는 바다 밑을 탐사할 수도 있지만, 신 화적 공간으로서 바다의 깊이에서 잠수부는 환상의 이름으로 우주를 탐사할 수

---

47 최인훈, 『유토피아의 꿈』, 최인훈 전집11, 문학과지성사, 2010, 198~199쪽.

도 있다. 운명의 신이 사라진 이후, 방황의 신이 등장한 근대에
서는 신조차 방향 상실을 경험할 것이다. "삶의 형식이 언제든
무정형의 덩어리가 되고, 그런 삶의 아나키가 매개 없이 자신
을 그대로 드러낼 때 야기되는 방향 상실의 아나키의 다른 이
름이 '문명의 슬픔'이고, '문명의 무서움'이다."[48]

하지만, 그러한 슬픔과 무서움으로 우리와 대면하는 바다는
수평선을 갖고 있다. 동물은 지평선/수평선 앞에서 그저 멈춰
설 뿐이지만, "감각의 한계를 실재의 상징으로 받아들인 동물"
인 인간은 수평선으로 끌려 간다. 수평선은 "인간의 시야를 닫
으면서 열어놓는 풍경"이어서 형식이 펼쳐지고 전개되는 지
평이 된다.[49] 전개된 역설, 탈역설화된 역설은 도달 불가능 한
수평선처럼 다시 형식의 통일성이 된다. 이처럼 차이의 통일성
이라는 의미에서 형식의 역설은 완성될 수 없는 형식의 통일
성을 새로운 형식으로 전개한다. 그 지평의 펼쳐짐 속에서 새

---

48 김건우, 「신화적 만남과 우리-최인훈의 『하늘의 다리』와 자기동일성의
    길」, 『문학과 사회』, 문학과지성사, 2020년 봄, 380쪽.
49 최인훈, 『유토피아의 꿈』, 최인훈 전집11, 문학과지성사, 2010, 204쪽.
    연속과 비연속의 기술의 차이를 통해 예술을 설명할 때에도 그는 '지평
    선'의 비유를 든다. 가령, "다만 리얼리즘의 방법으로 만들어진 예술이
    라 할지라도 그것이 예술이라면, 그 연속의 끝에 방향만 있고 내용이 없
    는 지평선이 어리게 마련이다."는 것이다. 최인훈, 『문학과 이데올로기』,
    최인훈 전집12, 문학과지성사, 2009, 145쪽.

로운 가능성들이 산출되고, 다양한 부정 가능성이 하나의 차이로, 하나의 형식으로 사건화되고, 현재화된다. 감각의 한계를 실재의 상징으로 받아들인다는 것, 닫으면서 연다는 지평의 자기전개는 이렇게 이해할 수 있을 것이다. 그것은 문명의 슬픔과 바다의 깊이에서 오는 공포를 부정할 수 있는 힘이고, 부활의 논리를 자기포함적으로 갖는 바다를 자유의 공간으로 살 수 있는 역량이다. 근대를 '부정의 정신'으로 볼 때[50], 그것은 새로운 행위의 가능성으로 슬픔과 불안 그리고 공포에서 새로운 길을 마련하려는 부활의 논리에 다름 아니다.

바다는 형식의 역설이 자기전개되는 수평선을 자신의 지평으로 갖는다는 상징이다. 도달할 수 없는 무한에 대한 상징, 그러한 무한에 대한 형이상학적인 추상명사로 바다는 자기부정이 자기정당화이기도 하고, 자기부활이기도 한 역설의 공간이다. 앞서 살펴본 것처럼, 환상을 '현실 안의 현실'로 포함하고 있는 자기포함적이고, 자기지시적인 바다는 '꿈'의 좌표축과 '현실'의 좌표축이 교차하면서 나타났다가, 사라지는 하나의

---

50 최인훈, 『문학과 이데올로기』, 최인훈 전집12, 문학과지성사, 2009, 34쪽. 이러한 부정의 정신은 근대에 들어 가능해진 '조건들의 평등'이 일반화되었기 때문이다. 부정의 계기는 방종의 토대가 되기 보다는 자신의 정당성을 인간성 자체에서 찾고자하는 것에 기인한다. 이에 대해서는 다음을 참고. 알렉시 드 토크빌, 『아메리카의 민주주의2』, 이용재 역, 아카넷, 2018, 49쪽.

매체다. 여기서도 바다와 문학의 유사성, 다시 말해서 문학이 언어라는 매체 때문에 현실적이어야 하면서도 동시에 예술이 되기 위해서는 현실을 부정해야 한다는 '비극적 이율배반의 운명'을 확인하게 된다. 바다는 현실의 공간이고 현실화할 수 있는 매체이지만, 신화적 공간이라는 점에서 환상의 공간이기도 하다. 또, 그런 바다가 무섭고 공포스럽지만 아름다운 공간인 것처럼, 더불어 「바다의 편지」에서 본 것처럼, 이런 이율배반의 운명은 비극적이기도 하지만 부활의 가능성을 제기한다.

6. 하나의 바다로서 한 명의 인간 : 나의 지표와 가능성의 크기

그러한 부활의 가능성을 현실화하고, 그러한 가능성의 크기를 확장하기 위해서는 '지표'가 필요하다. 이를 위한 신탁을 '도박'이라고 보는 최인훈은 복수의 지표들이 서로 경합하는 근대 세계에서 "추리만이 단 하나의 판단의 지표이다. 추리의 가치는 될수록 지표계를 많이 사용할 것, 결론은 사용한 지표의 테두리 안에서만 주장할 것"을 요구한다.[51] 근대 세계에서 조건은 매번 바뀌며, 상황에 따라 또 분화된 개별 영역들에 따라 변화하기 때문에 그런 변화하는 조건에 합당한 행위 역시 다르게도 가능해야 한다. 즉, 행위의 우연성을 가능하게 할 뿐

---

51 최인훈, 『유토피아의 꿈』, 최인훈 전집11, 문학과지성사, 2010, 184쪽.

아니라 '추리의 가치'가 그렇듯이 더 많은 행위의 우연성을 위한 더 많은 지표가 필요하다. 이 때, 행위의 우연성을 위해서는 지표가 헐거워져야 하는 것이 아니라, 반대로 더 정교화되면서 섬세한 조건들에 민감하게 반응하고, 그렇게 외부의 정보를 처리할 수 있어야 한다. 정치적인 왕은 한 명이지만, 문학의 왕은 그 수를 특정할 수 없다는 점에서 "예술의 세계는 관료주의의 세계가 아닙니다. 일체의 관료주의에 반대할 것 이것이 새로운 그리고 영원한 문학적 원칙"이라는 구보씨의 말은 지표는 매번 새롭게 영원히 모색되어야 하는 운명으로 읽을 수 있다. 문학은 삶의 도식화에 대한 끊임없는 해독제, 보완원리가 되어야 하며, 어떤 도식을 고정하는 것에 반대한다. 이 때 "'도식'에 대항하는 것은 '非도식'이 아니라 '보다 나은 도식'이라는 점입니다. 예술은 지금 당장의 실현 여부에 상관없는 '가장 뛰어난 圖式'이라고 말할 수 있겠습니다."[52]라고 할 때, 도식, 非도식, 보다 나은 도식, 가장 뛰어난 圖式은 모두 역설적인 공간으로서 바다의 자기부정과 자기부활의 형식을 갖는다.

사물이 아니기 때문에 인간은 자기부정의 계기를 자기실현의

---

52 최인훈, 『소설가 구보씨의 일일』, 최인훈 전집4, 문학과지성사, 2015, 310쪽.

가능성으로 갖는다. 인간은 현실에 대한 부정을 통해서 또 다른 새로운 현실을 구성하면서 자기동일성을 유지하고, 부활가능성의 크기를 확장하기 위해서 지표를 끊임없이 모색하면서 자기정립한다. 내적인 주체성은 이처럼 부정가능성의 크기가 확장될 때, 그렇게 행위로 현실화되지 않은 가능성의 잉여가 내면의 조건이 될 때, 획득되고 확장된다. 동물과 사물은 갖고 있지 않은 이런 내적 잉여를 행위의 우연성으로 사건화하기 위해서는 이를 위한 '시점'이 필요하다. 이 시점을 통해서 인간은 환경과의 차이를 스스로 생산하면서 "환경에 대한 정보를 익힌 다음에는 그것을 노래로 바꾸어 내는 노력"[53]을 할 수 있는 가능성이 전개되는 내면의 공간을 갖게 된다. 이처럼 시점을 가질 때, 내적인 잉여를 존재의 조건으로 하면서 자기동일성을 유지하고 주체성을 구성한다. 또한, 이는 허구에 대한 현실의 우위라는 식으로 가치를 위계적으로 차별화하는 대신 복수의 시점들과 복수의 지표계를 통해서 현실이라는 중층적인 복합체를 가능한 깊게 본다는 의미다. 이런 시점은 더 많은 가능성들, 더 많은 삶의 가치들이 공존하면서 상호 간에 충돌하는 근대의 내적인 갈등과 이율배반을 부활의 논리를 위한 가능성의 조건으로 본다. 세계에 대한 신화적인 시점인 것이다. 삶의 관료제화를 부정하고, 더 많은 환상이 더 많은 현실

---

53 최인훈, 『달과 소년병』, 문학과지성사, 2019, 540쪽.

속의 현실이 되게 하는 '보다 나은 도식', '가장 뛰어난 도식'은 이러한 신화적 시점을 통해서 모색할 수 있고, 이를 통해서 행위의 우연성의 잉여가 문명화된다. 이 글의 제사로 인용한 "모든 사람의 가능성에 길을 열어주는 것. 이것이 참다운 '넓이'다. … 가능성의 넓이. 그것이 모든 것을 결정한다."[54]는 이런 문명사적이고 정신사적인 의미를 갖는다.

「바다의 편지」가 잘 보여준 것처럼, 나는 바다이고 바다는 나다. 『하늘의 다리』의 김준구의 말을 다시 빌려보면, 원시가 문화이자, 조상이 바로 자기라는 점에서 그렇다. 그렇다면 바다가 형이상학적인 공간이고, 신화적 공간인 만큼 인간 역시 그런 존재다. '지평선/수평선'의 상징이 함의하는 것처럼, 환경에 열려 있으면서도 자기 자신에 대해서는 닫혀 있는 인간의 지평과 변화하면서 동일한, 즉 차이의 통일성이라는 역설이 전개되는 공간으로서 바다의 지평은 같다. 한 명의 인간은 하나의 바다인 것이다. 바다가 신화적 공간인 만큼 이제 나는 내적인 가능성의 잉여를 중층적인 깊이로 갖는 신화의 주인공이 된다.

---

54 최인훈, 『유토피아의 꿈』, 최인훈 전집11, 문학과지성사, 2010, 198~199쪽.

생명-조치권력:
방역=전쟁/정치의 최종심 앞에서

윤인로 『신정-정치』 저자

§1. 코로나COVID-19[Coronavirus disease 2019], '역병'의 무작위적 창궐과 침습에 뒤따르는 공포·정치·권력·통치. 말하자면 '정세政勢'로서의 역병 속에서, 정치적인 것의 최종심(급)으로 정초되는 역병-방역의 통치화 과정을 '(과)감히 알기Sapere aude' 위한 사고의 절차·방법·태도는 어떤 것일까. 역병이라는 비가시적인 적敵에 맞선 정치경제적 주권권력의 로고스[이성/말]—예컨대 "나는 전시 대통령wartime president이다"[2020. 3. 18, 마국], "우리는 전쟁 중en guerre이다"[2020. 3. 16, 프랑스], "국민 모두가 방역사령관이다"[2020. 4. 13, 한국], "준전시상태"[중국·한국·이탈리아·스페인 등(그리고 세계보건기구)], "코로나와의 인민 전쟁 승리"[중국], "방역 전쟁"[대만], "코로나와의 전쟁은 마라톤"[싱가포르], "코로나 전쟁에서의 승리"[베트남], "2차 세계대전 이후 최

대의 도전[挑戰]"[독일], "긴급안보·국가봉쇄 조치"[영국·덴마크], "긴급사태·특별조치"[일본], "비상법·비상조치"[헝가리], 그것들과 조율·합성되는 "비상 경제상황", "경제 전시체제", "경제 특약처방", "경제 방역", 곧 정치와 경제의 비상시-이위일체, 달리 말해 "코로나 총동원"[일본·한국]의 발효, "코로나 총력전"[한국·일본]의 선포—에 대한 '비판'을 위해, 그런 로고스의 집행조치적 효력·효과로 정립·발현되는 예속화의 노모스[법(律)] 비판을 시작하기 위해, 그렇게 '시작이 반이므로' 즉시 시작하기 위하여, 그런 시작들 속에서 거듭 도래중인 절반의 '끝'을 포착하기 위하여 지금 여기 인용해오게 되는 다른 로고스/노모스가 있다: "정치권력의 역할은 힘관계를 일종의 조용한 전쟁에 의해 제도들과 경제적 불평등들, 언어, 심지어는 각자의 신체들에 지속적으로 기입해 넣고자 하는 것입니다. 바로 이것이 클라우제비츠의 경구를 뒤집은 것, 즉 '정치란 다른 수단에 의해 계속되는 전쟁이다'에 부여되어야 할 첫 번째 뜻입니다."[1]

1-1. 역병의 방지자·억지자[Aufhalter]로서의 국가가 국민의 생명과 안전을 지키기 위해 수행하는 방역防疫이라는, 전쟁/정치. 그러하되 그 역병이란 이른바 생명권력(론)의 예외

---

1   미셸 푸코, 『"사회를 보호해야 한다"-콜레주드프랑스 강의 1975~76년』, 김상운 옮김, 난장출판, 2015, 35쪽.

또는 극한이었다(예외이므로 그것은 전체를 설명하며 극한이므로 그것은 한계를 조망한다). 풍토병-인구를 대상으로 삼고 '통계학적 조치'를 방법으로 취하는, 그럼으로써 생명집합에 가해지는 질병과 죽음의 지속적 영향력을 통계치·통계율의 형태로 관리·조절하는 18세기 말의 생명권력에 있어 계측 불(가)능으로 인한 무-지無-知와 무작위적 흑사黑死(Black Death)를 초래하는 역병-인구의 증식은 곧 자신의 암흑적 한계였다. 그러하되 2020년 여기의 생명권력은 그 극한에서 인구·생명에 대한 기존의 앎·관리·조절력 일반을 재코딩하는 총동원·총력전의 비상조치권으로, 잠복한 숨은 전염병=적에 대한 독점적 전쟁권으로, 내부의 숨은 적=바이러스를 절대적 적대로 설정하는 내전권력(의 앎/빛)으로 집행된다. 그것은 오늘, 다름 아닌 "의학의 팽창, 의학의 발달, 행동·행태·담론·욕망 등의 일반적 의료화"에 뿌리박은 정치/전쟁으로서의 통치공정이자 "의학적-규범화적 기술에 의해 광채와 활력이 확보되는 주권"[2]의 극한적 발현인바, 규율권력과 주권권력 간의 그런 상호 참조와 수용의 조절적 복합체는 역병-인구에 대한 의학적·의료적 관리술에 의해, 방역=전쟁/정치로서의 조치권력과 행정명령에 의해 조정·이접·배합된다. 그 속에서 상보적으로 정립되는 규범화의 앎들-장치들,

---

2   푸코, 『"사회를 보호해야 한다"』, 58쪽, 107쪽.

그 결정적 사례로서의 "의학적 경찰", "곧 질서정연한 사회의 조용한 위생을 보장하는 경찰의 관리". 풀어 말해 "공중위생의 주요 기능을 담당하게 되는 의학, 인구의 위생교육 캠페인과 의료화 캠페인의 모습을 띤 의학, 그리고 의학적 치료를 조율하며 정보를 집중시키고 앎을 규범화하는 기관들."[3] 생명의 안전을 위한 조치로서의 조용한 위생, 조용한 전쟁. 의학적 경찰은 혁명으로서의 계급투쟁이 비정상인(병자·일탈자·광인)을 임의적 정상성의 회복을 위한 자유재량적인 치료와 감독의 대상으로 설정하는 소비에트적 적대의 변형을 표시하는 기관으로서, 소비에트적 혁명/전쟁이 영구적으로 연장된 형식으로서의 내전/정치를 위한 장치이다. 의학적 경

---

3   푸코, 『"사회를 보호해야 한다"』, 108쪽, 292쪽. '의학적 경찰'의 폭력형질 곁으로 인용될 수 있는 문장들은 다음과 같다: "경찰은 법적 목적과 아무런 관계가 없이도 시민의 일생을 임의제령[재량적 법령제정]을 통해 규제하고 [재량적 처분집행을 통해] 짐승 같이 닦달하며 감시할 뿐만 아니라 삶이 법률적 사태 앞에 놓여있다는 것이 명확치 않은 수많은 경우에도 '공공의 안녕질서를 위하여' 삶 내부로 파고들어간다."(발터 벤야민, 「폭력비판을 위하여」[1921], 『벤야민 선집 5』, 최성만 옮김, 길, 2008, 96쪽[번역은 원문(Gesammelte Schriften, 1991)에 비춰 수정]. 이른바 '경찰권(Polizeigewalt)', 이동시켜 다시 말하자면 '경찰하는 국권'. 그것의 정당성 근거이자 존재이유, 경찰적 국권이성이자 게발트이유로서의 '공공의 안녕질서를 위하여(der Sicherheit wegen[안전보장의 이름으로])'. 그 이름 아래에서, 명명법 앞에서, 그 자유재량적 공안집행권 아래에서 임의적으로 불문에 붙여지는 '시민의 일생', 인민의 생명.

찰은 18세기 말부터 인구현상의 관리를 위한 결정인자로 기능하게 된 의학적 앎의 관리술을, 그것에 뿌리박은 통치이성의 빛을 자신의 원천이자 목표로 설정하는 사회 보호의 안전장치이다. 그런 소비에트적 적대의 변형과 동시대적인 통치형식으로서의 나치 국가는 "낯선 것이 ["사회라는 생명체" 속으로] 침입해 들어온다는 관념, 일탈자는 이 [병든·오염된] 사회의 부산물이라는 테마"를 변주하면서 "생물학적으로 일원적인 사회", "일원적·국가적·생물학적 완전성·우월성·순수성의 보호"[4]를 자신의 원천이자 목표로 설정했었다. 말하자면, 의학적-규범화적 앎의 자유재량적인 조절과 적용을 통해 소비에트적-나치적 적대 설정을 공동으로 인도하는 생명권력의 광채와 활력. 그런 정화淨化의 전쟁/정치와 합성될 전체주의의 테크놀로지 안에서, 다름 아닌 여기의 비상시 '총동원Totale Mobilmachung[윙거, 1931]'과 '총력전Totale Krieg[전체전쟁, 루덴도르프, 1935]'의 말씀·법 앞에서, 그 생명 구제의 조치·선포[케리그마]에 대한 동의 아래서, 코로나·역병에 대한 조치권력의 구원적 경제 안에서 "우리들 모두의 머릿속에는 파시즘이 있다."[5] 코로나의 정세 속에서 구성되는 주체=신민[臣民], 그렇게 구축되는 국가에의 자부와 긍지. 곧 국가에 감정

---

4   푸코, 『"사회를 보호해야 한다"』, 106쪽.
5   푸코, 『"사회를 보호해야 한다"』, 48쪽.

이입된 주체화·신민화 과정의 동력이자 산물로서의 국가감感, 그 부드러운 예속화의 작열하는 효과 속에서 방역·정화의 내전/조치는 정치적인 것의 벡터를 지시하고 인도하는 동의의 이정표·견인차로서, 그 벡터의 순도를 측정하고 판별하는 합의된 시금석·척도로서 재생산된다.

1-2. 국민 생명과 사회의 안녕이라는 국권 집행의 절대적 정당성-근거, 그 동의와 합의의 반석 위에서 조율되는 방역=전쟁/정치. 이는 생명권력의 운용·필요·원리를 '창의적으로' 참조하며 또 초과한다. '살게 만들기' 위해 지속적인 조절·교정·지도·인도의 메커니즘을 필요로 하는 이유, 그렇게 '생명을 떠맡는' 이유, 곧 생명권력의 통치이유·통치이성은 다른 게 아니라 "살아 있는 사람을 가치와 유용성의 영역에 배치하는 일"로 수렴되며, 그 와중에 "법적인 것의 퇴보 단계"와 맞물린 다음과 같은 경향을 낳고 따르면서 적용되고 갱신되며 또 최적화된다: "갈수록 법이 규범처럼 작동하고 사법제도가 특히 조절 기능을 갖는 기관(의료, 행정 등)의 연속체에 갈수록 통합된다는 것."[6] 생명권력을 구성하는 조절적 기관들로서의 의료와 행정, 곧 의학의 전문적인 처방·권

---

6 미셸 푸코, 『성의 역사 1: 지식의 의지』[1976], 이규현 옮김, 나남, 2010, 156쪽.

위와 상호 참조하면서 연속적으로 합성되는 행정·행정명령. 그런 의료≡행정에 뿌리박은 주권의 영광과 활력, 영광의 활력[여기 주권대표자의 지지율 64%, 2020. 5. 1(이 날은 집회가 금지·봉쇄된 메이데이)], 그런 조절적 집행권력에 연동·종속됨으로써 결정되는 국민의 입법권 양도[여기 180석 거대 여당의 탄생, 2020. 4. 16(이 날은 공소시효를 1년 남긴 '4·16 세월호' 6주기]와 '정치의 사법화' 경향의 약화·역전. 그러니까 입법과 사법의 그런 퇴보란, 생명의 안전을 떠맡음으로써 정당하게 절대화되는 조치권력의 재량적 집행에 의해 법적인 것이 지시·인도·변형·재코딩되고 있는 통치상황의 다른 말이다. 다시 말해 전체적인 동시에 개인적인 레벨에 동시에 함께 걸쳐진 삶·생명의 비상시·긴급시에 대한 결정의 선취권 및 예방의 독점권을 쥐고서는 사법과 입법—혹은 '수다'의 정치적인 형식들—을 앞질러 건너뛰면서 그것들을 사후화·후행화하는 형태로 인도하는 행정=조치권력. 다시 다르게 말해, 생명과 사회의 보호에 대한 의무·권리 및 약속·보장에 뿌리박은 조치권력, 그 현행적이고도 미래·잠재적인 정당성의 조달 및 집행에 이끌리는 행정조치, 생명의 안전을 중심에 놓는 권력관계의 조치적 벡터에서 자신의 최적화되고 활성화된 힘의 재생산 가능성을 계측·실험·적출·생산하는 행정이성. 이 같은 힘관계의 특정한 배치상태가 여기 역병에 대한 방역=전쟁/정치의 최종심급으로, 생명을 위한 예방전쟁적 조치권

력의 근원이자 목표로 기능한다. 코로나의 정세 속에서 생명
권력bio-pouvoir은 생명-조치권력Bio-Maßnahme macht이라고 명명
할 수 있을 힘관계의 특정한 형질 속에서 자신의 최적화되고
활성화된 발현을 위한 실험실 · 극한 · 전선 · 접점을 구축 · 타
진 · 고찰 · 설정한다. 말하자면, 생명권력에서 생명-조치권력
으로의 이행.

   1-2-a. 그런 조치성의 힘—이른바 '폭력'으로서의 '무타
티스 무탄디스mutatis mutandis[법의 임의적인 변경 · 준용]'—곧, 법
에 대한 자유재량적 해석과 결정의 권한집행은, (예방 · 비상
· 특별)조치Maßnahme를 방법이자 근원으로 하는 생명의 통치
가 다름 아닌 법의 예외Ausnahme, 곧 법의 효력정지상태에 관
한, 법 안/밖의 경계 확정상태에 관한 임의적이고 재량적인
선포 · 설정 · 가공 · 합성에 뿌리박은 권력임을 표시한다. 누
가 해석하는가, 누가 결정하는가라는 홉스적 물음은 코로나
의 정세 안에서 방역의 전쟁권에 의해, 생명의 조치권에 의해
독점 · 주재 · 인도된다. 그런 법의 예외로 예컨대, '우리는 전
쟁 중'이라고 말하는 전시 주권자(들)의 로고스/노모스를 구
체적으로 설립하는 문서 「코로나바이러스 위기관련 비상조
치에 관한 법률」[2020. 3. 24, 프랑스(3월 25일 자로 주 프랑스 한국 대
사관 홈페이지에 번역 · 게재)]은 "보건 비상사태"의 선포 아래에서
발효되는 "조치"의 연관항들로—곧 "제한", "금지", "격리", "폐

쇄", "통제", "규제", "처벌", "구금", "무효화"의 "명령"으로—구성되어 있다. 국민의 생명과 건강에 '전례 없는' 전염상태가 확산되고 있는, 유례없는, 예외적인 역병의 비상시 속에서 즉결적으로 집행되는 "특단"의 조치, 말하자면 통상적인 법·법치를 효력정지시키는 예외상태를 재량적으로 결정함으로써 활력[집행력]과 영광[정당성·군림]을 합성해내는 조치의 통치. 생명-조치권력의 그런 합성상태를 보증하는 결정적/과학적[의학적] 앎들의 집적·주관·자문·조절기관인 "과학심의회"의 설치와 함께 그런 역병 창궐의 예외상태는 여기 통치이성의 최종심으로서, 통치의 장애물 없는 순수한 집행의 실험실로서 운용된다. "경제조치" 및 "사회적응조치"를 관통하는 중핵으로서의 "예외 적용 조치[l'exception des mesures]"를 통해 평상시 통치의 "배치"는 조절·수정·전용·재구축된다. 그런 배치의 조절역량은 법적인 것 일반을 인도하는 "정부령[decret(주권자·초월자의 명령·법령·의지)]의 발동"으로써, 더 근본적으로는 그런 발동의 "'필요한 범위'" 그 자체의 재량적이고 예방적인 결정으로서의 긴급-행정명령 및 선제적 예방-조치로서, 그러니까 생명의 보호를 위한 동의와 예속화의 공정으로서 발현한다.

　1-2-b. 그런 조치와 동의, 곧 동의에 의한 조치상황, 조치에 대한 동의상황의 형질을 표시하고 있는 텍스트로, 여기

서는 브레히트의 학습극 「'예'라고 말하는 자」(혹은 「조치」[둘 모두 1930~1931, 초연·개작·잡지발표])를 택하고, 그런 선택의 파동을 살피기로 하자. 「조치」는 1929년도 메이데이 시위에 대한 집권당(독일사회민주주의당)의 유혈 진압 이후, 나치(민족사회주의 독일노동자당)에 맞설 수 있는 유일한 힘을 독일공산당에서 찾게 되는 브레히트가 「'예'라고 말하는 자」의 확장판 연작으로 쓴 것인바, 「'예'라고 말하는 자」 속에는 「조치」적 상황성의 근원이 표현되고 있으며, 무엇보다 그것은 역병의 창궐 속에서 특화되고 있다[이와 관련하여 브레히트는 『아르투로 우이의 집권』(1941)에서 '히틀러'를 '페스트'로 표상한다]. 등장인물 중 하나인 선생의 다음과 같은 대사로 플롯은 시작된다: "지금 우리 도시에 전염병이 널리 퍼지고 있으므로, 저는 산 너머에 있는 위대한 의사들을 찾아갈 예정입니다."[7] 선생은 그가 가르치는 소년의 어머니, 곧 "전염병Seuche[돌림병·악질(惡疾)]"

---

7 베르톨트 브레히트, 「예라고 하는 사람, 아니오라고 하는 사람」, 『브레히트 선집』 1권, 조길예 옮김, 한국브레히트학회 편집, 연극과인간, 2011, 440쪽. 이하 각주 없이 인용하고, 번역을 수정할 때는 다음 판본을 따른다. B. Brecht, ≫Der Jasager und der Neinsager≪, in: *Versuche*, Heft 4(Separatdruck: 11-12), Berlin: Kiepenheuer, 1930(이 별쇄·분철 판본은 「'예'라고 말하는 자」, 「'아니오'라고 말하는 자」, 「조치」만으로 따로 구성되어 처음 공표된 것으로, 그 세 학습극의 관련성을 물질적으로 증명한다[이 연작은 위의 잡지 『시도』 5권에 실리는 「코이너 씨 이야기」 속의 단편 「폭력(Gewalt)에 대한 조치들」과도 맞물려 있다]).

에 걸린 그녀와의 대화 끝에 "의약품과 교시Unterweisung[종교적 (=의학적) 지침·지도]"를 받으러 소년과 함께 구조 원정에 나서 며, 대학생 세 명도 그 일행으로 동참한다. 그런 소년을 두고 선생과 어머니는 말한다. "많은 이들이 잘못된 것에 동의합니 다. 그러나 그는/ 질병에 동의하지 않고/ 질병이 치료되어야 한다는 점에 동의했습니다." 전염병의 창궐상황 속에서 의학 적 처방과 종교적 인도를 찾아나서는 사람들, 그들은 생명에 대한 구제의 조치에, 생명과 도시를 살리기 위한 진군과 진 보의 과정에, 그 절대적 목적에 "동의Einverständnis[수락·일치]" 하였다. 그러나 그렇게 함께 동의했던 소년은 산 속에서 앓 게 되며 더 이상 나아갈 수 없게 되는데, 그 동의는 소년이 자 기 생명의 포기에 동의하지 않을 수 없게 하는, 골짜기에 내 던져지고 자신의 시체가 은폐되는 조치에 불가항력적으로/ 자발적으로 동의하지 않을 수 없게 하는 구속력으로 기능 한다. 앓고 있는 소년에게 선생은 연민을 품고 죽임의 부과 에 동의하는지를 "질문"하지만, 실제로 그 질문은 동의 여부 에 상관없이 이미 변경불가능한 것으로 결정되어 있는 치료 와 지침을 향한, 방역을 위한 진군과 진보를 보위하는 형식 적 정당화의 절차로 기능한다. 그 질문에 소년은 "관습"에 따 라, 오래되고 적층된 해석과 결정의 통례에 따라 "예"라고 말 하며, 선생은 그 동의의 말을 "필연성[Notwendigkeit필요성·불가 피성]에 상응하는gemäß[일치되는·적합해지는] 응답"으로 선포한다. 혼자 남겨져 죽는 것은 두려우므로 산골짜기 아래로 던져주기를 "요구"하는 소년 앞에서 머뭇거리는 대학생들은 동의 여부를 묻는 선생의 다음과 같은 질문에 "예"라고 말한다. "여러분은 그를 이곳에 두고 계속 나아가기로 결정했지요./ 그러나 운명을 규정하기는 쉬워도/ 그 운명Schicksal을 수행해내기란 어려운 법./ 그를 골짜기로 내던질 준비가 되었습니까?" 그런 동의의 여부를 질문함으로써 대학생들을 이끄는 그 선생은 누구인가. 신들도 싸우기를 꺼려하는 필연성의 법의 결정자 · 인도자, 퓌러[인도자 · 통솔자(신적인 섭리 · 경영자)]이다. 그 우두머리 · 두체Duce[지도자 · 지휘자]에 의한 진군 · 진보pro의 프로듀스-duce, 그것이 조치적 벡터를 결정짓는다. 방역을 위한 필연성과의 일치 속에서 자신의 죽음에 동의한 소년에게 가해지는 생사여탈의 조치. 그 「조치Die Maßnahme」적 상황성은 척도maß를 손에 쥐고nehmen 과부족 없는 적절한maßen 정도 · 적정선을 측정하는messen 조절적 권력관계의 경영이면서, 동시에 척도가 제거된maß-nehmen 상태, 척도의 예외 · 효력정지를 결정하는 임의적 · 재량적 권력관계의 경제이기도 하다[이와 관련해 칼 슈미트는 자신의 조치론에 대해 브레히트의 「조치」를 참조하라고 말했던바 있다]. 척도의 보유와 척도의 제거에 동시에 뿌리박은 자유재량적 집행 속에서 소년은 죽음과 혹한의 골짜기에 내던진다. 소년의 시체 위로 대학생들이 던진 흙덩이들이 덮여가는 가운데 코러스는 노래한다. "이웃보다 더 죄지은 자 없으리." 그 이웃은 누구인가. 그런 조치의 집행관계를 가동시키는 "죄지은 자schuldiger[빚진 자]"는 누구인가. i) 소년을 죽게 내버려두고 시체를 은폐한 대학생들. ii) 그 일이 역병 속의 생명과 도시를 구제하기 위해서는 필연적인 것임을 말하고 그것을 향한 동의와 조치로 인도한 선생. iii) 소년에게 동의 여부를 질문하는 일에 동의하고 함께 질문을 던졌던 코러스들, iv) 의료품과 지침을 가져오길 기다리는 전염병 걸린 도시의 사람들. 이른바 '학습극'으로서의 「'예'라고 말하는 자」는 역병의 그런 정세적 구성항들 아래에서 행해지는 생명구제의 조치와 그것에 대한 동의에 대해, 혹은 목적으로서의 방역으로 나아가는 진군과 진보의 수단성에 대한 동의 및 그런 동의에 뿌리박은 조치에 대해, 그 조치의 그물망에 대해 사고할 것을, 그런 조치적 폭력이 정의·정당성과 법에 어떻게 관여하는지에 대해 학습할 것을 강제한다. 이 학습극의 첫 시작 부분에서 코로스가 노래되는 것은 바로 그런 동의에 관한 학습의 필연성·필요성이다: "무엇보다 특히 배워야 할 중요한 것은 동의라네/ 많은 사람들이 예라고 말하지만, 그건 진정한 동의가 아니라네[아무런 동의도 아니라네]/ 많은 이들은 질문조차 받지 못하며, 그들은 또한 그렇게/ 잘못된 것에 동의하지. 그러므로:/ 무엇보다 특히 배워야 할 중요한 것은 동의라네." 여기 역병의 정세, 방역=전쟁/정치의 특정 상황은 브레히트적 학습극 안에서 앞질러 조명되고 있었던 게 될 것이다.

§2. 교차 · 참조 · 배치의 관점 곁에서, 그것과는 달리 '초과'의 관점으로 생명권력과 주권권력의 관계를 바라볼 때, 그 두 권력은 다시 한 번 모종의 극한적이고 예외적인 형질을 띤 것으로 표시된다. 생명권력을 초과한 주권권력으로서의 "원자력적 권력"이 그 하나이고, 다른 하나는 "생명을 정비할 뿐만 아니라 생명을 번창시키고 생명체를 제조하며 괴물을 제조하는, 극단적으로는 통제불가능하고 보편적으로 파괴적인 바이러스를 제조할 가능성이 기술적으로나 정치적으로나 인간에게 주어졌을 때 일어나는"[8] 주권권력에 대한 생명권력의 초과이다. 바이러스의 기술적-정치적 제조와 활용을 통한 조절의 통치 또는 통치의 조절이라는 생명권력의 한 가지 방법론이자 존재론이란, 19세기 이래의 생명권력이 생명의 독점적 소유를 위한 앎의 실험 · 추찰 · 집적으로 전개되어온 역사적인 한 가지 양태이자 특정한 극한인바, 이를 현재진행형으로서 표출하고 있는 지식-권력[또는 권력-진실]의 기관은 각국의 경쟁적 · 협업[분업]적 바이러스 연구소일 것이다(국가 간 힘관계 · 책임관계의 맥락에서 코로나 대유행의 진원지로 지목되고 있는 '중국과학원 우한 바이러스病毒 연구소[1956년 설립]'는 미국 행정부가 주도하

---

8   푸코, 『"사회를 보호해야 한다"』, 303쪽.

다가 2014년 10월에 중단시킨 병원균 변형 연구프로젝트['기능획득 바이러스 변종 연구']를 외주 받아 대행하고 있었던바, 연구의 그런 중단과 아웃소싱의 체제 저변에는 변형 바이러스의 위험성, 곧 통제불가능성이 있다). 보건적 · 군사적 · 정치적 · 산업적 목적들의 복합체로서의 생명권력, 그 비밀-기관으로서의 바이러스 연구소. 그것의 위상과 기능, 다시 말해 병원균의 예방 · 탐지 · 방역 · 식별 · 통제 · 면역을 위한 과학적 첨병이며 생명 일반에 관여하는 앎의 최전선이자 마지노선으로서의 기능이 생명권력의 저 초과상태에서 실험되고 제조되는 바이러스[키메라 바이러스]의 통제불가능성으로서, 보편적 파괴의 기술-정치로서 발현되는 특정한 상황. 이 극한을 비추는 분광기로서의 여기 역병의 창궐, 역병의 비상시-정세. 이 속에서 생명권력은 조치권을 재합성 · 재코드화한 생명-조치권력의 형태로서, 방역=전쟁/정치의 배치자로서 기능한다. 이는 생명권력이 법을 침묵시키는 전시상태의 선포를 통해 자신에게 닥친 '최대의 도전'에 맞서는 과정으로서, 곧 주권적 원리이자 방법과의 관계재설성 · 재배치화의 과정으로서, 그런 도전적 상황의 극복 여부에 따라 생명권력은 존망의 기로에 내몰린다. 그렇게 여기 역병의 비상시 속에서 생명권력은 자신의 시험대이자 도약대 앞에, 걸림돌이자 디딤돌 위에 서게 된다. 18세기 말 프랑스대혁명 이래 역병은 그 막을 내린 것으로, 불가항력적이고 무작위적이며 일시적인 죽음의 드라마로 인지되었으나, 여기 역병의 정세는 궁극적으로 권력관계의 배치가 달라지지 않을 수 없게 하는 힘으로서, 조치적 전쟁/정치의 벡터, 기술, 경향성, 강도, 속도, 세계정치적 공통 인도引導의 상태를 결정짓고 있다. 오늘 역병과 방역이라는 예외의 드라마는 결코 일시적이지 않은, 끝나지 않는, 계급적 · 인종적 · 지역적 차이의 크기 · 세기 · 효과로서 강제 · 증강 · 확산되는 것으로, 관리 및 대항 가능성을 반복적으로 실험하는, 잠복 · 잠재해 있는 전쟁/정치적 최종심의 형태로, 조치극措置劇[Maßnahme-spiel]의 형질을 띠고 거듭 개막된다. 그런 극 · 극장으로 연출되는 여기 역병의 비상시-정세는 생명권력의 창의적인 자기 갱신과 변형을 위한 재코딩화를 촉발하는 가속자 · 결정인자 · 인도력으로서, 통치의 정통성 · 정당성 · 합법성 · 타당성의 조달기술과 국가감感의 형성 및 예속화의 기술 같은 기존에 정식화되어 있던 정치적인 것 일반을 녹아내리게 하는 용해력으로서 통치관계의 재배치를 인도한다. 여기 역병의 비상시는 생명의 독점적 소유를 향해 전개되어온 생명권력의 역사의 어떤 끝, 그 결정적 무대이자 판본으로서, 그 끝 · 종언의 지점은 생명권력의 자기실험적인 모든 접선들이 스치고 지나가는 꼭지점 · 첨점尖點이다.

2-1. 생명권력의 그런 초과 · 끝 · 첨점에서 조망할 수 있는, 생명의 소유를 향한 권력의 다른 벡터는 이른바 'K-방역'이라는 이름의 규율적 정보기술 기반을 합성하고 있다.

예컨대 행전안전부의 자가격리자 안전보호 앱을 필두로, 감염 확진자의 이동 동선을 공지하는 코로나 알림 앱, 확진 지역 분포를 표시하는 코로나 지도 앱, CCTV, 언론 및 SNS 상에서의 확진자 재현, 전산화된 개인 질병이력 정보의 조회·수집, 이동통화 기록, 신용카드 결제 기록 등 일상과 소비 정보의 디지털화된 아카이브에 연동된 행정·의료기관·통신사·카드사·경찰의 그물망 조치들. 그리고 이를 전면적으로 보장하고 의무화하는 행정법령에 대한 동의의 형성. 그런 조치에 대한 동의의 확산상태가 공공의 안전을 향한 성숙하고 깨어있으며 선진적으로 민주적인 정치체제로 오인되고 보위된다. 말하자면 조치적 민주정. 그 모순의 대패질 상태 속에서 보호되어야 할 사회란 항구적으로 관리되는 사회의 적정 범주로 항시 조절된다. 여기 조치적 민주정은 다음과 같은 법으로 발현된다. "보건복지부장관, 시·도지사 또는 시장·군수·구청장은 감염병을 예방하기 위하여 다음 각 호에 해당하는 모든 조치를 하거나 그에 필요한 일부 조치를 하여야 한다."[「감염병의 예방 및 관리에 관한 법률」, '8장 예방조치'의 49조, 국가법령정보센터, 한국] 달리 말해 행정의 각 단계·단위·규모·레벨에 산포되어 있는 행정대표들의 재량적 조치연쇄. 이 과정에 대한 폭넓은 동의 아래 사용되고 있는 디지털-모바일 보호관찰의 기술로서, 비접촉 무선인식[Radio Frequency Identification] 테그·라벨·카드·칩을 통한 인체 부착형(신체

결합적) 위치감시 장치로 구축되는 실시간 정보의 집적·네트워킹·활용[Ubiquitous Sensor Network]을 들 수 있다. 신체에 관한 디지털-모바일 감시장치가 다름 아닌 그 신체에 결합되는 방식을 취하는 그런 감시기술의 한쪽 극한에, 이미 반려동물을 대상으로 상용화되어 신체 내부로 삽입 가능해진 백신-마이크로칩 기술이 상존한다. 방역의 한 가지 형태로서의 집단면역을 위한 백신은 그런 통치기술의 정당성-근거로, 동의와 합의의 반석으로 기능한다. 그때 생명의 안전은 통치의 투명한 베일-이데올로기가 되며, 생명을 위한 안전조치는 정치적인 것의 최종심=블랙홀이 된다. 그렇게 자발적 예속화의 장치가 재가동되며, 개인은 권력의 매개체이자 촉매·매질로 구성·생산된다. 그렇게 다시, 우리 모두의 머릿속에는 파시즘이 있다: "실제로는 어떤 신체들, 몸짓들, 담론들, 욕망들이 식별되고 개인으로서 구성되는 것, 바로 이것이 권력의 일차적인 효과 중 하나입니다. 개인은 권력의 효과이며, 그런 뜻에서 개인은 권력의 중계항이기도 합니다. 요컨대 권력은 자신이 구성해 놓은 개인을 경유하는 것입니다. […] '권력은 행사되고 유통되고 그물망을 형성한다'고, 또는 '우리 모두의 머릿속에는 파시즘이 있다'고, 혹은 더 근본적으로는 '우리 모두는 신체 속에 권력을 지니고 있다'고 말할 수 있

겠습니다."[9] 그런 권력이 구성하는 개인화 레벨에서의 예속
화 효과, 촉매화 · 매질화를 통한 인구전체적 레벨에서의 조
절 · 통치의 한계 없는 가속화 실험이 여기 역병의 비상시 속
디지털-모바일-아카이브화에 뿌리박은 초과적인/가상실효
적인 생명권력에 의해, 또는 생명-조치권력의 방법으로 재배
치 · 재무장된 보모국가[Nanny state(이안 매클러드, 1965)]적 집행
권력에 의해 시도된다. 이 지점 · 첨점 혹은 최전선/마지노선
이라는 장소가 역병의 정세 속 통치화의 공정이 방역=전쟁/
정치의 조절적 지속과 변속으로서의 내전 형태로, 내전 관리
의 해석과 결정 형태로 실험되는 곳이다. 그런 해석과 결정
은 자본주의적 축적 및 투자投資와 상보적인, 오히려 결정적
으로 자본축적에 의해 설계 · 코딩되고 인도되는 것이다: "이
생체-권력[생명권력]은 틀림없이 자본주의의 발전에 불가결한
요소였을 것이고, 자본주의의 발전은 육체가 통제되어 생산
기구로 편입되는 것을 대가로 치름으로써만, 인구현상이 경
제 과정에 맞추어지는 것을 조건으로 해서만 보장될 수 있
었다. 그러나 자본주의의 발전은 더 많은 것을 요구했고, 육
체와 인구의 활용 가능성 및 순응성과 동시에 육체와 인구의
성장, 또한 체력과 적성과 생명 일반을 최대로 이용할 수 있
으면서도 그것들의 예속화를 더 쉽게 가능케 할 권력의 방법

---

9   푸코, 『"사회를 보호해야 한다"』, 48쪽.

을 필요로 했다." 이를 위한 "살아 있는 육체의 투자, 살아 있는 육체의 중시, 살아 있는 육체의 힘에 대한 배분적 관리"[10]는 여기 관료주의적 "경제 '정상화'"[2020. 4. 20, 한국 外]의 이름으로, 비정상을 정상화하는 "경제 방역"[2020. 4. 20, 한국]의 전쟁/정치로서 긴급하게 (특별 · 예방)조치된다. 경제에 퍼진 역병, 곧 경제의 자유롭고 자연스런 순환을 오염 · 전염시키는 공공적인 것의 벡터(공영을 위한 사적인 사익의 규제), 이를 단두대에 올리는 경제 방역의 기요틴 조치 속에서 "한국형 뉴딜" 혹은 "경제의 디지털화 · 비대면화"[2020. 5. 7, 한국]는 이윤의 신(성)화를 위한 희극적–유혈적 반복의 모토가 된다.[11] 생

---

10 푸코, 『성의 역사 1: 지식의 의지』, 152쪽.
11 2018년 11월 발의되고 2020년 1월 9일에 통과된 이른바 '데이터 경제 3법(개인정보보호법 · 정보통신망법 · 신용정보법)' 개정안은 여기 역병의 정세에 의해 사후적으로 추인 · 정당화 · 증강 · 가속화되며, '경제 방역'이 경제기획의 주조저음이라는 사실을 앞질러 표시하고 있는바, 정신과 · 비뇨기과 · 산부인과 등의 질병이력 및 진료기록 같은 성(性) · 의료 · 건강상태에 관한 정보, 노동조합 · 정당의 가입과 탈퇴 같은 사상 · 신념의 상태에 관한 정보, 금융 · 신용의 상태에 관한 정보 등이 경제의 디지털화 · 비대면화를 위한 기초 자료로서 합법적으로, 즉 "예외" 및 "특례" 조항을 통해, "대통령령으로 정하는" 조항들을 통해 활용될 수 있게 됐다. 그 활용은 개정안 속에서 "처리"라는 법어로 표현된다: "처리란 개인정보의 수집, 생성, 연계, 연동, 기록, 저장, 보유, 가공, 편집, 검색, 출력, 정정, 복구, 이용, 제공, 공개, 파기, 그 밖에 이와 유사한 행위를 말한다." 곧, 예외 속에서의 처리: "개인정보처리자는 통계작성, 과학적 연구, 공익적 기록보존 등을 위하여 정보주체의 동의 없이 가명정보를 처리할 수 있다."(「개인정보 보호법 개정안」, 국가법령정보센터, 2020. 2. 4) 이는 행정안전부의 시행령(2020. 4. 1)으로 세부조항의 임의적 조정을 거

명권력의 초과지점, 그 극점·첨점을 경제의 조치들 혹은 이윤의 접선들이 악착같이 스치고 지나간다. 이윤이라는 성스러운 꼭지점을 생명권력의 자기실험들 혹은 방역=전쟁/정치의 조치들이 악무한적으로 스치며 지나간다. 그런 마성적-이중적 조치의 상보성·상호조건성 안에서 정치경제적 권력의 매개·매질로 구성되는 개인들, 그리고 그렇게 개별화되는 개인들을 통해서만 구성돼야 하고 오직 그렇게만 보호돼야 하는 전체·사회. 말하자면 안전-조치화 사회, 생명구제의 전체주의. 이는 여기 역병의 정세 안에서 생명을 인지·석권하는 폭력의 형태로서, 그 폭력에 의한 사회의 특정한 배치·독점상태로서 재생산되고 있다.

2-2. '경제 방역'이라는 이름의 문제설정과 해결방식, 곧 기획경제·경제기획에 의한 조치행정·행정조치란 자본주의적 경제를 오염시키고 공격하며 그 정지와 끝을 초래하는 규제·침체·모순·공포terror를, 달리 말해 경제의 안전한 영토territory에 가해지는 테러terror를 적=전염균으로 설정한 방역/전쟁으로 집행된다. 경제 방역의 모토 아래 방역은 이미 전염병균만을 대상으로 하는 행정권의 영역에 국

처 집행된다. 이 개정안은 일국 단위의 법률이 아니라 2018년 5월 시행된 '유럽 일반 개인정보보호법(GDPR)'에 준하여, 그것과 연동하여 입법된 것이다.

한된 것이 아니라 경제의 상태를 전시상황적 위기로 인식하고 효과적 응전을 사고하는 실천의 영역으로 확장되고 있다. 역병의 전염·확산을 따라, 그 공포를 디딤돌로 삼아 방역은 방역적인 것으로, 전쟁/정치적인 것으로 일반화·창궐한다. 방역=전쟁/정치라는 말을 구성하는 각 용어들이 이미 호환·전이·합동 가능한 것처럼 말이다. 전염균에 대한 공포와 방역 속에서 '우한 바이러스'라는 이름이 곧바로 아시아계 인종을 표상하게 되고 일종의 황화黃禍로서 적대시되며 혐오·조롱되는 것처럼, 주권권력에 대한 생명권력의 초과 속에서 통제불가능한 바이러스가 제조되는 과정과 보조 맞춰 테러(리스트)라는 이름의 공포정치가 배양되고 제작되는 것처럼, 그렇게 전염병균에 대한 방역Seuchenbekämpfung 과 테러리즘에 대한 전쟁Bekämpfung des Terrorismus이 상호 호환가능하고 합동가능한 공포·침투의 미세-정치생물학을 구성하는 것처럼 말이다. 정치경제적 전염상태=적을 자유재량적으로 해석하고 설정하는, 바이러스=적에 대한 관리의 기술을 비상시 속에서 고안하고 도출하는 방역=전쟁/정치의 확산적인 자리옮김, 기민한 자기변위變位의 창의력·재생산력. 그러한 전염균=적의 등식과 관련된, 그리고 방역/전쟁적인 것으로서의 통치화=예속화 조치와 관련된 오래된 현재적 형상 하나를 살피면서 다시 다르게 시작하기로 하자. 그 시작은 다음과 같은 말에 뿌리박고 있다: "제

생각에 그런 통치화란 '어떻게 통치받지 않을 것인가?'라는 물음과 분리될 수 없는 관계를 맺고 있는 듯합니다."[12]

§3. 폴리스 혹은 정치·공동체의 '경영'을 위한 기술, '폴리티케 테크네', 예컨대 『프로타고라스』에서 말해지는 "정치술(政治術)", "국가를 영위하는 통치기술", "국가를 경영하는 기술", "나라 경영의 기술", "시민적 기술"과 그것에 직결된 일부로서 배치되고 기능하는 "전쟁의 기술(polemike)", "전쟁술(戰爭術)"[13]. 이런 기술들을 저 에피메테우스의 모자란/잘못된 시초적 분배로 인해 소유할 수 없게 된 인간은 흩어진 채로 해체되어 있는 무리·군집[모종의 다중(多衆·multitudo)]의 상태였으며 야수들에 의해 무참히 살육 당했다고 프로타고라스는 말한다. 그렇게 되지 않기 위해 함께 하나로 모였을 때는 그런 기술들

---

12 미셸 푸코, 『비판이란 무엇인가? 자기수양』, 심세광·오르트망·전혜리 옮김, 동녘, 2016, 44쪽.

13 플라톤, 「프로타고라스」, 322b. 이 서로 다른 번역어들은 다음 판본들에서 인용한 것이다. 박홍규, 「『프로타고라스』편에 대한 분석」, 『희랍 철학 논고』, 민음사, 1995, 79쪽; 플라톤, 「프로타고라스」, 『플라톤 전집 3』, 천병희 옮김, 숲, 2019, 222쪽; 「프로타고라스」, 『프로타고라스·라케스·메논』, 박종현 역주, 2010, 81쪽; 『프로타고라스』, 강성훈 옮김, 이제이북스, 2012, 55쪽. "가정을 잘 경영할 수 있도록 해주는 좋은 조언"과 연동된 폴리스의 경영술이란 '폴리티케 소피아', 곧 "폴리스 경영의 지혜"가 발현된 것으로서, 폴리스의 사람들을 '폴리티케 아레테' 곧 "시민적인 훌륭함"(324a) 속에 있게 만드는 것이다.

의 부재로 인해 각자가 서로에게 정의롭지 못한 짓을 행했던 바, 그것은 일종의 무질서, 곧 아노미아, 인간 간의 약육강식 및 폭력, 말하자면 만인이 서로에게 늑대인, 타자에 대한 존중과 공경이 제로상태인, 무윤리無倫理 · 부정의不正義 상태로서의 무질서였고, 인간은 그렇게 "다시 뿔뿔이 흩어져서는 궤멸되어 갔다[도로 흩어졌고 다시 도륙되기 시작했다; 다시 흩어져서는 죽임을 당했다; 다시 흩어지고 쇠망하였다]." 이를 지켜보던 "제우스는 우리 인간 종족이 완전히 멸종되지나 않을까 두려워하며 헤르메스를 인간에게 보내어 염치[경외 · 공경(aidōs); 수치]와 정의(dikē)를 가져다주게 했는데, 공동체를 구성하고 우애를 맺는 데에[나라들의 질서와 서로를 결합하는 우애의 끈이 생기도록; 도시를 질서 있게 하고 사람을 융합시키기 위하여; 나라의 질서와 우정의 결속이 그들을 함께 모을 수 있도록] 정의와 염치가 원칙이 되게 하기 위해서였다."[14] 제우스는 헤르메스에게 정의와 염치를 다른 기술들과는 달리 몇몇 사람이 아니라 모든 사람들에게 나눠주라고 말하고는, "정의와 염치가 소수의 것이 되면 국가가 생길 수 없을 것[이뤄질 수 없을 것]" 이라면서 다음과 같이 명한다: "염치와 정의를 나눠 가질 수 없는 자는 **공동체의 역병**[도시의 역병(疫病); 나라의 질병; 나라의 우환거리]으로 간주해 죽여 없애야 함[사형에 처할 것; 처형할 것; 죽일 것]을,

---

14   플라톤, 「프로타고라스」, 322c. 위의 네 판본을 합성하여 인용함.

내 이름으로써 법으로 세우라[제정하라]."15 제우스에 의한 살림/죽임, 방역적 생사여탈의 법. 역병으로 간주된 자의 몰염치 · 부정의, 폴리스의 적으로서의 역병적인 것. 그 적의 처형이라는 방역=전쟁적인 것, 이는 함께 모여 사는 인간의 질서를 위한 정치술, 곧 폴리스의 경영기술 · 통치기술을 구성하는 근저인 동시에 그런 통치기술에 직결된 일부로서 기능하는 전쟁술의 전위轉位/前衛 형태이다. 제우스의 이름으로 설립되고 집행되는 방역=전쟁/정치의 법, 생사여탈을 결정짓는 제우스의 그 최종심적 조치의 법 앞에서 살게 되기도 죽게 되기도 하는 인간의 삶 · 생명.

3-1. 역병적인 것에 적대로 삼아 행해지는 제우스의 방역적 국법설립, 인간의 생명을 살리기 위한 사형 집행의 안배 · 조절 · 계도啓導의 게발트. 파송된 헤르메스에 의해 서명 · 날인되고 있는 제우스의 그 '법 앞'을, 부재하는 제우스의 섭정적 현전으로 설정 · 보위되는 그 국법의 발효상태를 '정의'의 장소확정상태로 만드는 법집행의 정당성-근거. "폴리스의 역병νόσον πόλεως"[Platonis Opera, 3권, 322d5, 요하네스 버넷 편집, 1905] 혹은 공동체의 역병이라는 비상시 · 전쟁시가 그것이며, 국가

---

15   플라톤, 「프로타고라스」, 322c~d. 위의 네 판본을 합성하여 인용함. 강조는 인용자. 이하 고유번호만 본문에 표기.

에 침투·창궐하는 역병적인 것에 대한 방역이 그것이다. 역병의 원어 '노소스'는 전염병·질병을 뜻하며, 거기서 파생되는 병듦·불건전·방탕, (신 혹은 자연에 의한) 재앙·재난을 뜻한다. 국가에 퍼지고 국가를 얼룩지게 하는 역병·노소스, 이는 국가 안에 하나로 모인 삶의 오염을, 국가를 병들게 하는 방탕과 방종의 삶을, 국가에 불가항력적 재앙을 침습시키는 국가의 적을 뜻한다. 그런 역병적인 것에 대한 방역/전쟁으로서의 정치술, 국가 경영의 방역-조치적 통치술이란 다름 아닌 "삶의 구제책"으로서의 "측정(metrētikē)의 기술"(356d)을 근원이자 목표로 설정한다. 힘·속도·크기·거리·고저·두께·수량·기능·보임·숨어있음·미·추·조화·즐거움·괴로움 등의 선택에 관련된 측정의 앎. 이에 근거해 소크라테스의 다음과 같은 물음과 답변이 제기된다: "무엇이 우리의 삶(bios[생명])을 구제하는 걸까요? 앎(epistēmē)이 그렇게 하지 않을까요? 또는 일종의 측정술이 그렇게 하지 않을까요? 그것이 다름 아닌 지나침(hyperbolē)과 모자람에 관련된 기술이니까요."(357a) 생명을—혹은 비오스로서의 삶·생명(만)을—구제하는 앎, 측정술. 달리 말해 측정의 기술을 통한 앎, 혹은 과부족을 피하고 조절된 적정선을 상황 속에서 설정하고 보위할 수 있도록 인도하는 앎에 관한 측정술. 그렇게 서로에게 뿌리박은 앎과 측정술/통치술을 동시에 비유하는 것이 "키잡이"(344d)에 의한 "배의 통솔"(344c)이며 "환자들의 치료[보살핌(therapeia)]에 대한 배움"의 앎으로 만들어지는 "훌륭한 의사"(345a)이다. "나쁜 것에 대한 일종의 예측[예견·예상]"(358c) 속에서, 미연에 폭풍우를 피해 배를 인도하기 위한 필요의 측정, 질병과 죽음을 피해 건강을 유지하기 위한 진단과 처방의 앎·측정의 필요. 그런 필요에 의해, 그런 필요를 위해 학습·연마·조달·준비·집행되는 키잡이와 의사의 앎·기술·해석·결정·권력·권위, 그것이 저 국가 경영의 통치술을 표시한다. 반대로 배의 통솔이 아니라 배의 난파·조난, 해적이나 노예에 의한 배의 선상반란·탈취, 생명의 보살핌이 아니라 생명의 감퇴·괴사, 신체와 영혼의 혼동·불균형 등은 "측정술의 모자람"(357d), 의사와 키잡이의 "무지(amathia)"(358c) 때문이다. 혹은 무지에 침습된 키잡이와 의사의 결정불능, 갈팡질팡하고 혼동된 조타술·치료술의 방만함 때문이다. 역병적인 것, 폴리스의 역병으로 간주되는 것은 의사·키잡이로서의 국가와 관계된 측정의 앎·통치술을 그렇게 혼란·부조화·과부족·방만의 상태로 침윤시킨다. 시인이 추방되는 이유가 거기에 있다. 시인들이란 "충분히 증명할 수가 없는 것에 대해 분분한 대화만을 일삼고 있는 것"(347e)으로, 이는 결정 없는 수다의 공회전, 예측의 폐기, 조타와 진단의 방종상태에 다름 아닌 것이었다. "시인들은 제쳐두고 우리는 우리 자신의 힘으로 우리끼리 논의를 해야 할 것입니다. 진리와 우리 자신들을 시험하면서요."(347a) 시인의 불필요, 시인의 "추방 또는 배제"(342c). 말하자면 역병적 시인들·적들에게 추방을 처분하는 제우스의 법, 살殺처분적 방역의 법 앞.

3-2. 폴리스의 역병=적에게 집행되는 제우스의 그 법을 이어받아 프로타고라스는 말한다. "과연 나라가 있기 위해[국가·공동체가 설립되고 보존되기 위해] 필요한, 모든 시민들이 관여해야할 단 하나의 것이 있다면 무엇일까요? 그 한 가지란 목공기술도 아니며 대장장이 기술이나 도예기술도 아닌, 정의[올바름]와 절제[건전한 마음상태(sōphrosynē)]와 경건, 요컨대 그 셋을 하나로 묶어 '사람으로서의 훌륭함(aretē)'이라고 일컫는다면, 그것을 나눠 갖지 못하는 자는 아이건 남자건 여자건 가르침과 벌을 받을 것이고, 더 나아질 때까지 그렇게 될 것인바, 벌을 받고 가르침을 받고서도 순응하지 않는 자일 경우, 그 자는 치유 불가능한 사람으로서 나라들 바깥으로 추방되거나 처형되어야만 하오."(324e~325b) 사람으로서의 훌륭함을 구성하는 정의·절제·경건. 먼저, '절제'. 이는 중무장 보병 개인들이 적에 맞선 밀집대형 전체의 균형에 관련된 기술로, 그런 전체의 조화를 위한 조절과 보조맞춤이 유지되는 상태이며 그런 상태를 위한 협동적 전쟁술의 (미)덕이자 앎의 형태이다. 이는 개인과 전체가 이루는 일체적·유기적 관계·질서의 조절력으로서, 적과 맞서기 위한 힘의 최적화 상

태를 인출 · 도출한다. 절제의 기술은 하나로 모인 어셈블리의 특정 배치상태로서의 폴리스적 비오스, 그것의 살림을 보살피는 전쟁술/통치술의 주요 형태인바, 그런 절제의 상태 속에서만 제우스의 법, 곧 비오스의 살림 · 보살핌 · 포함이라는 정당성과 비오스의 죽임 · 추방 · 배제라는 합법적 폭력이 맺는 관계가 항시적인 '정의'로서 정초되고 수호될 수 있다. 그렇게 생명의 살림과 죽임을 집행의 중심에 둔 제우스적 법의 정의란 생명에 대한 절제의 앎 · 기술을 통해 정당성과 합법성의 관계를 상황에 따라 적정하게 조절하고 재설정하는 게발트이다. 통치의 그런 적정선 혹은 법의 안과 밖을 가르는 조절선의 신성, 그 절대적 선線/善을 알고 따르고 선양하는 모종의 예속화/주체화의 동력이자 산물이 '경건'이다. 그렇게 절제 · 정의 · 경건의 합동 속에서, 곧 사람으로서의 훌륭함 · 아레테 안에서 개인은 서로가 서로에게 국가의 존립에 대해 자발적으로 말하고 관여하는 전체의 매개체이자 매질로 기능하며, 그럼으로써만 비오스로서의 살림을 부여받을 수 있다. "국가가 있기 위해서는 정당한 것들[올바른 · 정의로운 것들(ta dikaia)]과 합법적인 것들(ta nomima)에 대해 모두가 모두에 대해 인색하거나 숨김없이 열성적으로 말해주고 가르쳐주어야"(327a~b) 하는바, 그럼으로써 개인적인 동시에 전체적이고 전체적인 동시에 개인적인 관계로 분만되는 최대의 효과가, 치료술과 조타술의 균형 잡힌 효력이, 곧 "건강과 몸들

의 좋은 상태들, 나라들의 보존들, 그리고 남들에 대한 지배
와 부가 생겨나기 때문"(354b)이다.

3-3. 역병적인 적의 창궐에 대한 진단과 처방, 그런 적
이 침습하고 있는 배의 조타와 통솔. 절제와 정의와 경건 안
에서 적정선을 항시 회복해가는 그 통치술의 과정은 무절제
의 상태, 즉 오만 · 교만hybris 혹은 방종 · 방만의 상태 속에서
만연되는 부정의 · 불경건의 상태를 교정해가는 과정이기도
하다. 곧 의사와 키잡이의 측정술/통치술은 사형 · 처형의 법
과 상보적인, 추방 · 배제의 법과 동시적인 교정의 기술로, 곧
"제멋대로 행동하지 못하도록 하기" 위한 바로잡음의 기술로
구성된다. "이는 글을 가르치는 사람(grammatistēs)들이 펜촉으
로 선을 살짝 그어 쓴 서판을 글씨 쓰기에 능하지 못한 아이
들에게 주어 글자들의 윤곽을 따라가며 쓰게끔 하는 것과 똑
같소. 그처럼 국가 또한 법률(nomoi)을 [살짝 그은 희미한] 윤
곽으로 그려 보이는데, 이는 훌륭한 옛 입법자들의 고안품들
로서 이것들에 따라 다스리게 하기도 하고 다스림을 받게 하
기도 강요하는바, 이로부터 일탈하는 자는 벌하오. 이 벌함
[처벌]을 일컫는 이름은, 많은 곳에서 재판을 통한 처벌이 바
로잡아 주는 것이기에, 다름 아닌 바로잡음[교정(euthynai)]이
라고 말할 수 있소."(326d) 법률의 계도를 따르지 않고 '제멋
대로 행동'하는 방종 · 무질서의 교정 · 질서화. 이를 자발적

이고 열성적으로 따르지 않을 경우, 곧 방종을 창궐시킬 위험이 있는 자는 "마치 뒤틀리고 굽은 나무를 바로잡듯 위협하고 매질함으로써 바로잡는 것"(325d)이다. 이 교정술/통치술은 다름 아닌 아이들, 곧 국가 설립의 초기적 신민/주체로서의 아이들에게 법의 점선에 따라 인도되면서 그 점선의 법을 실선으로 메우고 채우며 실천하게 하는 과정으로 표상된다. 그런 실천을 위해 매질하는 법, 법의 매질媒質로서의 아이들. 그 바로잡음, 아이들의 돌봄·보살핌에 대한 보모·어머니·아버지의 마음 씀, 그렇게 길러지고 배양되는 "아이들의 품행방정(eukosmia)[좋은 행실]"(325e) 속에서 '정당한 것과 합법적인 것'으로의 자발적 예속화가 항시적으로 진행된다. 통치의 그런 돌봄의 공정은 다름 아닌 "아이들의 [영]혼들"에 작용하여, "그들이 한결 더 유순해지고 더 단장하고 더 조화롭게 되어 말하고 행동함에 있어 쓸모 있도록 하기 위한"(326b) 것이었다. 영혼＝진실의 측정술, 곧 영혼과 진실을 합동시킴으로써 국가 경영의 최적화 상태를 유지하는 앎·기술. 이는 저 비오스의 구제책, 역병적인 적의 침습에 대한 방역적 통치술/전생술의 근저이자 극한이다: "측정술이란 진실(to alēthes)을 드러냄으로써, 영혼이 진실에 머물러 평온을 유지하게 함으로써 삶을 구제해 주는 것입니다."(356e)

§4. 영혼과 진실의 합동화 공정을 통해 구제되는 비오스.

달리 말해 영혼≡진실의 합동을 도출하고 유지하는 과정 속에서 구제되는 폴리스 내부의 삶·생명, 그런 과정·소송을 통해 폴리스의 법역 앞으로 내부화되는 삶·생명. 국가 경영의 정의와 합법성을 위한 앎·기술로서의 측정술이 개인과 전체의 절제적/절대적 배치를 구축하는 가운데 통치의 본원적인 대상으로 설정하는 영혼≡진실. 이를 문제화하는 아래 두 대목은 i) 제우스적 법 또는 플라톤적 키잡이·의사의 측정술이 발견·은폐·공표하고 관찰·조제·처방하는 진실에 이의를 틈입시키는 비판의 형질에 대해, ii) 그런 의사·키잡이의 측정술과는 다른 영혼의 보살핌에 대해, 그런 보살핌을 위한 대항적 앎·기술의 형질에 대해 생각하게 한다.

i) 통치화gouvernementalisation라는 것이 사회적 실천의 현실 속에서 진실을 주장하는 권력 메커니즘을 통해 개인을 예속화하는 문제와 관련된 활동이라면, 비판이라는 것은 진실에 대해서는 그 진실이 유발하는 권력 효과를, 권력에 대해서는 그 **권력이 생산하는 진실 담론을 문제 삼을 수 있는 권리**를 주체가 자기 자신에게 부여하는 일에 관련된 활동이라고 말하고 싶습니다. 비판은 자발적 불복종의 기술, 숙고된 불순종의 기술일 것입니다. 비판은 한마디로 진실을 둘러싼 정치라고 부를 수 있는 활동 속에서 탈예속화désassujettissement를

그 본질적 기능으로 갖는 것입니다.[16]

ii) **영혼의 테라페우에인**therapeuein(보살핌)**을 보장하는 것으로서 파레시아**의 모든 은유를 떠올려봅시다. 이것은 치료의 기술과 닮은 기술이고, 조타술과 닮은 기술이며, 통치술 및 정치적 행위의 기술과 닮은 기술입니다. 의식지도, 조타, 치료, 정치술, 카이로스의 기술.[17]

통치화=예속화에 대한 비판=탈예속화. 감연히 진실을 발화하기[진실을 향한 담대함·용기] 혹은 그런 발화·로고스의 권리/보장으로서의 파레시아parrhēsia. 비판과 파레시아, 곧 비판≡파레시아의 상보성·상호조건성. 파레시아를 통해 수행되는 탈예속화로서의 비판, 또는 비판을 통해 가능해지는 파레시아의 무기화/대항인식화. 이런 상보적 합동성 안에서 파레시아가 보장하는 영혼의 보살핌은 국가 경영적 측정술에 의한 영혼의 통치와 닮았지만 다른, 그 다름·차이의 환원불가능성에 뿌리박음으로써 비판의 불복종적인 힘을 보존한다. 권력-진실의 항구적 조절체제, 삶·생명에 대한 보살핌·돌봄의 기술 및 그것의 연마·실험·갱신에 대한 비판술로서의 파레시

16　푸코, 『비판이란 무엇인가?』[1978. 5], 47쪽.
17　미셸 푸코, 「파레시아」[1982. 5], 『담론과 진실』, 심세광·전혜리 옮김, 동녘, 2017, 63쪽.

아가 다름 아닌 '메트론metron[척도]', '카이로스kairos[영혼에 영향을 끼쳐 인도하기 위한 적절한 시기(의 숙고·포착)]', '크라시스krasis[완화·경감을 위한 의학적 혼합]'에 근거한 것일 때, 그것은 곧 대항측정anti-metrētikē, 대항인도contre-conduite[대항지도(대항통솔·대항조타)], 대항치료의 기술이다. 이는 국가라는 배의 통합·통솔에 자발적으로 인도되는 사람(들)이 권력의 중계항이자 매개·촉매로 통치의 관계망 안에 편성되어 있는 자기 자신과의 관계를 변형시키고 재설정함으로써 권력관계의 편성상태를 절단·재구축하는 자기 돌봄의 기술이다. 이 기술을, 그러니까 권력-진실의 합동체 안에서 그것의 목표·방법·경향·한계·임계·폭력을 드러내고 가리키는 비판≡파레시아의 기술을 "대항역사의 실천·출현"이라는 이름으로 서명된 모종의 전쟁술로 읽게 된다: "비대칭이 박혀 있는 법을 세우고, 힘관계와 연결된 진실을 정초하며, 무기로서의 진실을 정초하는 것이 말하는 주체의 관심사입니다. 말하는 주체는 전쟁을 하는 주체입니다."[18] 파레시아를 통해, 달리 말해 "진실의 장비[무장된 진실]"를 통해 구성·관철되는 "자기 배려의 목표"는 "진실된 담론들로 이뤄진 영혼의 장비[무장된 영혼]"이다.[19] 국가·시장·사회·신체를 침습하는 역

---

18 푸코, 『"사회를 보호해야 한다"』[1976. 1], 75쪽.
19 푸코, 「파레시아」, 79쪽. 말해지지 않은 채, 더 고려되고 비교되어야 할 것들로 강연초고에 메모 형태로 남겨진 이 낱말들은 강연의 마지막에 말해진 다음 말에 관여한다: "저는 아주 이상한 형태의 파레시아를 보여

병(적인 것)에 대한 방역=전쟁/통치를 가동케 하는 진실을, 혹은 그런 통치의 공정으로 생산·축적·아카이브화되는 진실을, 그런 생명-조치적 내전권력의 관계를 무효화하는 무장된 진실의 구성과 발현. 이것이 '말하는 주체', 곧 '파레시아스트'의 관심사일 때, 말하는 주체는 다름 아닌 전쟁을 수행하는 자, 곧 대항내전의 주체이다. 조절적 통치술의 경제·경영으로 수렴되거나 환원되지 않는 '비대칭'을 강화하고, 항시적인 측정술·적정선의 무효화를 법에 박아 넣는 전쟁적 삶의 기술. 달리 말해 '새로운 법'의 발현으로 향하는 '비-파시즘적 삶'의 배려술: "규율권력에 대항하는 가운데 규율적이지 않은 권력을 추구하며 싸우기 위해 우리가 향해야 할 방향이란 옛 주권의 법이 아닙니다. 즉, 반反규율적이되 동시에 주권의 원리로부터도 해방된 새로운 법의 방향으로 향해야만 합니다."[20] 여기 역병의 정세를 결정하는 생명-조치권력의 통치술/전쟁술은 그런 새로운 법의 벡터를 조정·합성·방지하는 폭력의 정당성과 정의를 정치경제적 방역의 실험실 속에서 창출·전파·정초하고 있다. 그 새로운 법의 힘과 방향, 그 벡터의 형질을 좀 더 살펴볼 필요가 거기 있다. 그 필요, 곧 역병의 정세에 의해 이끌리고 그런 정세 속에서 그 바깥을 조형할 필요를 따를

　　드리려고 했습니다."(79쪽)
20　푸코, 『"사회를 보호해야 한다"』, 59쪽.

때, 향후의 인용·배치·검토는 푸코의 「자유변호를 위하여」(1980)와 「봉기는 쓸모없는가?」(1979), 그리고 「비-파시즘적 삶을 위한 안내서」(1977)와 복종의 사목제도 비판[『안전, 영토, 인구』 속에 배치된 솔제니친의 장편소설 『암 병동』]의 인용(1978) 곁에서 다음과 같은 물음에 관여하는 과정이 될 것이다. "주권을 행사하는 것도 아니고 착취하는 것도 아닌, **지도하는 권력의 형태들에 맞선 반란의 유형 혹은 그런 저항의 특정한 짜임새를 뭐라고 부르면 좋을까요?**"[21]

---

21 미셸 푸코, 『안전, 영토, 인구』[1978. 3], 오르트망 옮김, 난장, 2011, 282쪽.

X 현장-번역

푸코를 통해 판데믹을 이해하기?

필립 사라신 취리히대학 역사학과 교수 지음

김강기명 베를린 자유대학교 철학과 박사과정 옮김

서론

오늘의 상황은 마치 생명 정치의 꿈이 실현된 것처럼 보인다. 의료인들의 자문을 받는 정부들이 전체인구에 방역독재를 강제하고, "건강", 즉 "생존"의 이름 아래 민주주의로 인한 방해물들을 해제하고, 결국 인구를 근본적으로는 근대의 정부들이 여러 가지 모습으로 늘 해오던 방식으로, 즉 인구를 순전한 "목숨집단(Biomasse)"으로, 이용되어야 할 "벌거벗은 생명(nacktes Leben)"으로서 통치하고 있다. 현재 이러한 인상이 점점 증가하고 있는 것은 우연이 아니다. 조르조 아감벤(그는 이 "벌거벗은생명"이라는 개념을 오늘날의 정치이론에 도입한 사람이

다.)의 글에서, 인터넷상의 여기[1]저기[2]에서, 그리고 책가방 속에 있는"푸코"를 꺼내 지금 무슨 일이 벌어지고 있는지를 살펴보고 있는 저 비판적인 비판가[3]들의 글에서 말이다. "생명권력"이나 "생명정치" 같은 개념들은 너무나 매력적이다. 이 반짝이는 개념들은 판데믹의 시대의 통치의 진실을 드러내는 이 순간의 키워드처럼 작동하고 있다.

그러나 문제는 그것을 주장하는 것이 미국정부의 Covid-19 대응과 같은 작금의 어마어마한 실패들을 보았을 때 설득력이 없다는 점이다. 지금의 상황이 푸코와 그의 사상과 관계있다고 해도 그것은 아주 제한적으로만 그렇다. 미셸푸코가 "생명정치"라는 개념을 만든 것은 사실이다. 하지만 그는 이 개념을 바로 포기했다. 그 대신 그가 발전시킨 것은 각각 세 종류의 전염병에서 뽑아낸 세 가지 사유모델이었다. 나는 우리가 전가의 보도처럼 쓰이는 "생명정치"보다이 세 가지 사유모델을 통해 이"역병"과 관련된 통치성에 대해 더 잘 이해할 수 있다고 본다.

---

1   https://www.republik.ch/2020/03/21/die-biomacht
2   https://uebermedien.de/47188/corona-krise-staatsraeson-als-erste-medienpflicht/
3   로자룩셈부르크재단의 이론가 알렉스데미로비치를 말함https://www.zeitschrift-luxemburg.de/in-der-krise-die-weichen-stellen-die-corona-pandemie-und-die-perspektiven-der-transformation/

생명정치

하지만 우선은 "생명정치" 개념으로 시선을 돌려보자. 푸코는 이 개념을 1976년 출간한 〈앎에의 의지(성의 역사 1권)〉에서 처음 도입했는데, 그것은 18세기 후반부에 유럽에서 새롭게 등장한 정치적 목표와 전략을 일컫는 이름이었다. "이것은 삶이 역사 속으로 들어가는 것이나 다를 게 없었다. 인류의 삶에 고유한 현상이 앎과 권력의 질서 속으로, 정치적 기술의 장 속으로 들어간 것이다."[4] 푸코에 따르면 근대의 여러 사회들은 범주로서 생명 자체를 다루는 기술적, 정치적 가능성들을 창조했다. 이를 통해 "한 사회의 생물학적 근대성으로 넘어가는 문턱은 그 사회의 정치전략에서 생명 범주자체의 생존이 중심이 되는 지점에 놓여있다."[5]

이 생명정치 논의에서 고려되고 있는 것들은 낙태 및 영아살해 처벌 혹은 아동기 사망에 대한 대응과 같은 출생정책을 통한 인구의 양적증가 뿐만 아니라, 일반적인 공공의료정책, 더 나아가 20세기 전반부 많은 나라에 있었던 우생학이나 "인종위생학적"정책 등을 통한 인구의 "질적증가"정책 등을 포괄한

---

4   Michel Foucault, *The History of Sexuality, Volume 1: An Introduction*, trans. Robert Hurley (New York: Vintage, 1990), 141~142.

5   Foucault, *The History of Sexuality*, 143.

다. 우리가 20세기의 역사를 통해 알고 있듯 이런 논의의 뒷면엔 인종주의가 자리하고 있다. 푸코에 따르면 그것은 "살아야만 하는 것과, 죽어도 되는 것"을 구분하는 것이다.[6]

이 생명정치에 따른 "생명의 증가"의 뒷면인 이 인종주의가 어떤 폐허를 낳았는지를 이해하기 위해서 반드시 역사를 공부할 필요는 없다. 의심할 바 없이 18세기 이후 모든 근대적 권력과 통치는 저마다 진지하게 인구집단의 목숨과 건강을 돌보았다. 하지만 거기에서 근대의 통치와 오늘날 후기 근대의 통치가 완전히 이 관심사로 소급될 수 있다고, 즉 통치란 곧 생명정치라고 이해할 수 있다고 결론을 내리는 것은 오해라 할 수 있다. 오늘날에도 인구다수의 건강과생명을 중요하게 취급하지 않는 정부들이 많은데 그것은 무엇보다 그들의 신체가 (경제) 성장과 번영을 창출하는 데 있어 덜 필요하게 되었다는 점에 있다.

전염병이 남긴 흔적

생명정치 개념이 갖는 분석적 가치를 우리가 낮게 평가하지

---

6   Michel Foucault, *Society Must Be Defended: Lectures at the Collège de France, 1975–1976*, trans. David Macey (Penguin Books, 2004), 254.

않는다 해도 푸코 스스로가 이 개념을 1979년 실질적으로 포기했다는 점은 분명하다. 왜였을까? 이것을 이해하기 위해서는 다시 그의 이론을 새롭게 살피면서 그의 저작 속에 있는 전염병의 흔적을 추적하는 것이 도움이 될 것이다. 어째서 그런가? 이것을 이해하기 위해선 푸코의 저작들을 다시 읽으면서 그 안에 들어 있는 '감염병'의 흔적을 추적하는 것이 도움이 될 것이다. 나는 여기서 푸코가 반복하여 세 종류의 감염병에 대해 이야기했다는 것, 그리고 정치가 이 감염병들을 다루는 방식을 각각 통치의 세 가지의 형태들에 대한 모델로 이름 붙였다는 것에 집중하려고 한다. 나병(한센병), 흑사병, 천연두가 그것이다.

푸코의 첫 번째 대작인 『광기의 역사』(1961)는 다음의 문장으로 시작한다. "중세의 마지막에 나병은 서구세계(Abendland)에서 사라졌다." 나병이 완전히 사라진 것은 아니었지만 대규모의 나환자촌들은 점차 비워지면서—이것은 푸코의 논쟁적인 주장이다—빈민, 유랑인, 병자 및 정신병자들을 사회로부터 격리하기 위한 장소로 바뀌었다. 푸코는 나병과 근대 초기에 빈민구호소와 정신병자보호소로 변한 나환자촌을 권력의 첫 번째 모델로 생각했다: 권력은 건강한 사람들을 병자들에게서 분리하고, 비정상인과 광인을 사회로부터 배제하여 가능한 한 도시의 성문 밖에다 둠으로써 근본적으로 더이상 그들을 돌보지 않으려 한다.

흑사병모델

푸코에 따르면 이 "나병모델"은 근대 초기에 흑사병에 대한 공포에 의해 만들어진 새로운 권력모델에 의해 대체된다. 푸코는 이 모델을 〈감시와 처벌: 감옥의 탄생〉(1975)에서 발전시켰다. 거기서 그는 17세기 이래로 서구사회에서 새로운 권력의 체제가 부상하게 되었다고 주장한다. 그것은 훈육 권력이다. 이제는 더 이상 비정상인들을 배제하거나 격리하는 것이 아니라 "모든 이들"-아동, 군인, 노동자, 수감자등 - 이 엄격한 훈육에 복속시키는 것이 중요해지는데, 이 훈육은 특히 엄격한 노동훈육의 도입과 이를 통한 신체를 "생산적으로 만들기" 위한 것이었다.

푸코는 이 이완전관리사회의 음울한 비전을 전염병을 다루는 관을 설명하는 모델로 삼았다. "사람들이 나병에 응답한 방식이었던 배제의 의례들이 얼마간 17세기의 대감금모델을 포기한 한편, 흑사병이 훈육모델을 소환했다."[7] 푸코에 따르면, 근대초기의 흑사병 조례들은 도시 내에 있는 경계들과 통로들을 빈틈없이 감시하는 시스템을 설계하고, 시민들을 그들의 집안에 감금할 것을 강하게 요구한다. "공간은 통과 불가능한 단

---

7   Michel Foucault, *Discipline and Punish: The Birth of the Prison* (New York: Vintage, 1995), 198.

위들의 네트워크로 응고된다. 모든 사람이 자신들의 자리에 결박되는 것이다. 움직이는 사람들은 자신의 목숨을 담보로 내어놓아야 한다. 전염되거나 혹은 처벌받거나."[8]

17세기의 행정기관들은 푸코에 따르면 훈육이라는 "정치적인 꿈"을 꾸었다. 즉 그들은 "깊이 뿌리박은 감시와 통제, 권력의 강도 증대와 분기를 조직화하는" 비전을 가졌다. 푸코는 실제로 페스트가 발발했던 도시들이 아니라 "완전히 통치되는 도시/사회의 유토피아"에 대해 이야기하고 있다. 이 도시/사회에게 "페스트는 훈육의 이상적인 수행을 위한 연습(으로서 기다려지는 것)"이다.[9] 법률가들과 국가학자들이 이상적인 법을 구상하기 위해 자연상태를 꿈꾸었던 것과 같이, 통치자들은 "완벽한 훈육을 작동시키기 위해 페스트 상황을 꿈꾸었다."[10]

천연두모델

세 번째 모델로 가는 길은 나병에서 흑사병으로 가는 길보다 좀 더 구불구불하다. 푸코는 중간에 자신의 매우 어두운 권력 이론을 의심하게 되었다. 그는 점차 〈감시와 처벌〉에서 자신

---

8   Foucault, *Discipline and Punish*, 195.
9   Foucault, *Discipline and Punish*, 198.
10   Foucault, *Discipline and Punish*, 199.

이 제안했던 근대사회들을 거대한 훈육기계의 모델을 따라 생각하는 것, 즉 근대사회들을 마치 완벽하게 감시 및 통제되는 흑사병도시로 바라보던 것을 불합리한 것으로 보기시작했다.

이 시기 근대적 통치에 대한 그의 분석 속에서는 개인의(일차적으로는 경제적인) 자유가 새로운 방식으로 일종의 축소불가능한 "절대적으로 근본적인 어떤 것"으로 떠오른다. 근대의, 더 정확히는 자유주의적 통치성이란 "오직 개인들의 자유를 통해서만, 자유에 의지해서 완수될 수 있는" 통치의 한 형식이다.[11] 이 역사적 전환을 분명히 서술하기 위해 푸코는 "천연두 혹은 예방접종"이라는 새로운 모델을 발전시켰다.[12]

여기서 푸코는 이전과는 완전히 다른 문제를 다루게 되는데, 흑사병의 시대들이나 훈육은 더 이상 그의 관심사가 아니었다. "그보다 더 근본적인 문제는 예방접종이 이뤄질 시에 얼마나 많은 사람들이 천연두에 감염되는지, 어떤 나이대의 사람들이, 어떤 결과에, 어떤 죽음에, 어떤 해와 후유증에, 어떤 위험에 처하는지를 알고, 얼마나 높은 확률로 한 개인이 예방접

---

11 Michel Foucault, *Security, Territory, Population: Lectures at the Collège de France 1977–1978*, ed. Michel Senellart et al., trans. Graham Burchell (New York: Palgrave Macmillan, 2007), 49.

12 Foucault, *Security, Territory, Population*, 10.

종에도 불구하고 죽거나 천연두를 앓는지, 인구일반에 있어 어떤 통계적인 효과가 생기는지[…]를 아는 것이다." 천연두를 맞서는데 중요한 것은 "전염과, 전염 혹은 풍토병 현상을 막기 위해 시도되는 의학적 캠페인이라는 문제다."[13]

18세기의 행정기관은 천연두에 통계적 관찰로 대응했다. 그들은 발병의 수를 측정하고, 경험에 따라 예방접종을 통해 인구를 전염으로부터 보호하려 시도했다. 그런데 자유주의적 통치성의 틀 안에서는 이러한 문제인식에 기초한 위기관리가 – 푸코는 이것을 매우 중요하게 보는데 – 개인들의 훈육에까지 이를 만큼 확장될 수는 없는 것이었다. 왜냐하면 그것은 이 자유주의적 시스템에 필수적인 자유를 박탈하기 때문이다. 즉 "너무 많이 통치하는 것은 어떤 통치도 하지 않는 것"과 다를 게 없어진다.[14] 너무 강한 국가는 그 자신의 목표들을 파괴하고 만다. 국가는 전염이 확산될 위험을 얼마간 무릅쓰고서라도 사회의 이 상대적인 "불투과성"을 존중해야 한다.

다른 말로 바꿔보자면, 권력의 천연두 모델은 근본적으로 권

---

13 Foucault, *Security, Territory, Population*, 10.

14 Michel Foucault, "Espace, Savoir et Pouvoir," in *Dits et Écrits IV: 1980 – 1988*, ed. Daniel Defert and François Ewald (Paris: Gallimard, 1994), 273.

력이 병균과 침입자, 미생물 등을 완전히 제거하고 사회를 흑사병 시대처럼 "깊은 곳까지" 감시하고 개인들의 움직임을 훈육하는 꿈을 포기하는 것에 기초를 두고 있다. 권력은 이제 병원균과 공존하며, 그것이 언제 어디에 나타나는지를 알고, 자료를 모으고, 통계를 만들고 "의학적캠페인들"을 벌인다.[15] 이 캠페인들은 개인들을 규범에 복속시키고 훈육하는 성격을 취할 수 있다. 하지만 이 훈육, 특히 완벽한 훈육이란 근대에선 더 이상 자유주의 권력의 합리적인 목표가 될 수 없는 것이다. 권력이 그럼에도 불구하고 훈육을 시도하는 지점, 천연두모델에서 흑사병모델로 돌아가려 시도하는 지점에서만이 자유주의 권력은 권위적이고 전체주의적인 모습을 취한다.

코로나 위기 앞에서 내린 몇 가지 결론들

푸코가 실제로 있었던 판데믹에 대해 이야기한 게 아니라 전염병들을 권력의 형태를 유형적으로 정리하기 위한 사유모델로 사용했다는 것은 분명하다. 우리는 이와는 다른 상황에 처해있다. 우리는 지금 진짜 판데믹의 한가운데에 살고 있고, 서로 다른 권력과 통치의 현상 형태들에 종속되어 있는 한편, 그

---

15 『안전, 영토, 인구』에서 푸코는 "normation"이란 개념을 사용해서 훈육기술에 전형적인 규범을 서술하고 있다. 그는 이 개념을 생명정치적 규제기술들을 설명하는 normalization과 구분한다.

것들을 미디어를 통해 관찰한다. 푸코가 발전시킨 이 세 유형은 무엇을 가르쳐 주고 있는가?

첫째, 상이한 모델들 사이엔 문턱이 존재한다. 중국 우한 전체를 봉쇄한 것은 매우 엄혹하게 흑사병모델을 따른 것이라 할 수 있다. 다른 지역의 출입금지 조치들도 모두 근본에서는 비슷하다. 이 모델들은 우리가 자유주의적인 천연두모델에서 가능한 저런 통계적 지식을 얻을 수 없는 상황이라면 출입금지는 불가피하다는 것을 분명히 하고 있다.

남한이나 싱가포르에서와 같이 오직 체계적인 검사를 통해 비감염자와 감염자에 대한 대규모의 데이터를 확보한 경우에만 방역대책에 있어 감염자들만을 격리하고 나머지 인구 전체에는 봉쇄명령 대신 단지 큰 주의를 기울일 것을 요구하는 정도에서 멈추는 것이 가능해진다. 우리는 어떠한 아이러니나 악의 남한이나 싱가폴에서 공공영역에서의 삶이 지속되고, 경제가 계속해서 작동하고 있는 것은 바로 천연두모델이 주는 자유주의의 약속이라고 말할 수 있다.

둘째, 흑사병모델은 여전히 위험한 것이다. 이 위험의 예로는 모로코에서 거리를 다니는 탱크들과 무자비한 군사적 수단들로 코로나 봉쇄조치를 실행하고 있는 것, 이스라엘에서 벤야

민네타냐후가 코로나 방역을 핑계로 "쿠데타"를 일으켜야 한다는 목소리가 힘을 얻는 것, 헝가리의 빅토르오르반이 정부령에 의한 통치로의 이행을 획책하고 있는 것, 혹은 미국에서 법무장관 바가 수감자들을 사법적 절차 없이 무기한 감금할 수 있는 명령을 내리려 하는 것 등을 들 수 있을 것이다. 또한 핸드폰을 주머니에 넣고 다니는 모든 사람들의 이동경로 데이터를 저장, 감시하는 정책을 위기가 지난 이후에 다시 기술적으로만 가능한 옵션 정도로 축소시키려 하지 않을 가능성도 생각해볼 수 있다. 자유주의적인 천연두모델은 이와 달리 근본적으로 항상 국가권력을 의심스럽게 바라보는 것을 함께 요구한다.

셋째, 아주 정확하게 일치하는 것은 아니지만 권력의 천연두모델은 지금 판데믹상황에서 유럽의 정부들이 취하고 있는 통치의 형태를 설명해준다. 물론 각국의 정책 사이엔 많은 차이와 일국적 이기주의들이 작동하고 있지만 말이다. #곡선을 평평하게 전략은 병원체를 측정하고 그것을 완전히 없애지는 못하지만 의료시스템이 그것을 다룰 수 있는 범위 안에서만 확산되도록하는 전략이다. 또한 일정 수 이상의 인원이 모이는 것을 금지하는 전략이 곧 훈육을 뜻하는 것도 아니다. 어떤 목적인가가 중요하다. 이 정도는 좁기는 해도 정부가 개인의 행동에 대해 설정할 수 있는 이해 가능하고 정당한 틀 안에서 이뤄진다 볼 수 있다. 일반적으로"사회적거리두기"의 규칙을 준수할 것을 요구하는 것은 의심할 바 없이 자유주의적 통치테크닉의 영역안에 있는 것이다. 그것은 근본적으로 개인의 자유에 기초하고 있고 이 자유를 존중한다. 자신을 돌볼 것. 자신을 보호할 것. 하지만 또한 이 순간 넓게 관찰되는 것처럼 이웃을 위한 연대적 조직형태를 찾는 것은 구체적인 사회적 자기-조직화의 수단을 통해 이뤄지는 천연두모델의 자유주의적 윤곽을 충족하는 자기의 테크놀로지라 할 수 있다.

넷째, 그럼에도 불구하고 나병 모델 역시 이 정책들 뒤에 잠복하고 있다. 이 모델은 무엇보다 여기 저기서 튀어나오는 "경제를 살리기 위해" 노인들을 죽도록 내버려 두자는 관념 속에서 나타난다. 이것은 스페인에서 보고된 사례처럼 양로원이나 요양원이 버려지고 수용자들이 봉쇄 속에서 홀로 죽어가는 것 속에서 이미 현실로 나타나고 있다.

자기의 테크놀로지에 관한 추가사항

푸코가 통치성의 역사에 대한 강의에서 천연두 모델을 발전시키면서 신자유주의에 대해 자세히 서술할 때 자기의 테크닉이라는 개념은 사용되지 않는다. 이 강의 속에 그의 상당히 긍정적인 (신)자유주의에 대한 이해와 그가 이후 1980년대에 고대의 예를 통해 살펴본 자기의 테크닉 개념 사이의 어떤 내적인 연관이 있다 해도, 푸코가 오늘날 종종 주장되는 것처럼 (그는 강연에서 분명하게 이 해석을 거부했다.) 자기의 테크닉을 자유주의의 외피를 입은 권력의 한 형태로 이해했다는 것은 사실이 아니다. 그 반대 경우가 오히려 사실이다. "자기의 자기에 대한 관계" 그리고 이를 통해 자기자신을 특정한 방법으로 지도하는 것은 권력히 의해 결정된 것이 *아니라* 명백히 주체의 자유의 근간을 이루는 것이다. 결과적으로 푸코가 1982년 그의 강의에서 말한 것처럼 "우리의 자기 자신에 대한 관계 외에는 정치적 저항의 최종지점은 없다."[16] 오늘날 우리는 "바이러스에 대한 저항의"라는 구절을 추가해야 할 것이다. 혹은 그저, *take care.*

---

16 Michel Foucault, *The Hermeneutics of the Subject: Lectures at the Collège de France 1981–1982*, trans. Graham Burchell (New York: Picador, 2005), 252.

∞ 쟁점-서평

TK 출신 연구자가 TK의 마음을 연구할 때

『**대구경북의 사회학**』 최종희, 오월의봄, 2020

신지은 부산대 사회학과 부교수

1. TK는 왜 그럴까?

3월 말 서평 청탁을 받고 책을 읽기 시작했다. 3월 초부터 대구는 코로나19로 몸살을 앓고 있던 참이었다. 신천지 대구교회와 연관되어 코로나19 확진자가 급격히 늘어나면서 대구를 향한 비난의 목소리가 거세었다. 4월 중순 21대 국회의원 선거가 눈앞이었다. 잠시 책 읽기를 중단했다. 선거가 끝나고 나야 이 책을 계속 읽을 수 있을 것 같았다. 선거 결과는 '혹시나 했는데 역시나'였다. 궁금했다. 대체 대구경북 사람들은 왜 그럴까?

저자는 2016년 '박근혜-최순실 게이트'로 전국이 떠들썩할 무렵 친구와 서울 나들이를 했던 자신의 경험으로 이야기를 시작한다. 자신들의 억양으로 대구 사람이라는 걸 알게 된

택시기사가 "대구경북 사람들 지금 괜찮아요?"라고 질문한 데 대해 "대한민국 국가 문제를 대구경북과 연관시키는 데 주저함이 없다는 사실에 새삼 놀랐다. 그 순간 대구경북의 한 사람으로서 부끄러움이 밀려왔다."(10쪽) 고 한다. 2018년 지방선거를 끝내고 소설가 이외수 씨가 TK 지역에 대해 '정치적 무인도'라는 발언을 했고, TK는 악플의 집중 공격을 당했다. 이런 과정들 속에서 저자는 자존심이 상하기도 했고, 부끄러움과 씁쓰레한 감정을 느끼기도 했다. 그리고 자신의 생활세계의 근간인 TK 지역에는 타지역과 다른 독특한 집합표상이 있는 것인지 연구하기 시작했다.

저자뿐 아니라 대한민국에 사는 많은 사람들이 TK는 대체 왜 그러는지 궁금해할 것 같다. 저자는 그 이유를 대국경북의 '마음의 습속'이라 설명한다. 저자는 벨라 연구팀과 뒤르켐주의 문화사회학을 이론적 틀로 참고하면서, 마음이란 단순히 개인의 것이 아니라 사회의 것이고 문화적으로 광범위하게 공유되는 삶의 바탕 위에 존재하는 것으로 본다. 그리고 마음은 이성, 감정, 감성을 포괄하고, 특유의 문화적 맥락과 의미를 내포하여 습속으로 자리매김한다. 따라서 어느 한 집단의 마음의 습속을 연구하게 되면, 그 집단이 유지되는 원리, 장기적 발전력 등에 관한 통찰을 얻을 수 있다. 마음의 습속은 사회의 '문화적 · 상징적' 차원이고 '인지적 · 정서적 · 도덕적 총체'로 '윤리적 · 지적 조건'을 포함한다.

저자는 TK의 마음의 습속을 알아보기 위해 대구경북 사
람들의 이야기를 들어보았다. 사람들은 이야기를 통해 자신의
정체성을 형성하기 때문에 그들이 하는 이야기를 통해 의미의
문제를 분석할 수 있기 때문이다. 이 책에는 50~60대 10명의
연구 참여자들이 등장한다. 이들은 평범한 기성세대에 속한
사람들이고 비교적 동질적인 집단으로 구성되어 있으며 생활
수준은 중산층이다. 저자는 자아를 성찰하는 글을 쓰고자 했
기 때문에 자신과 동일한 세대의 인물을 만나는 게 좋겠다고
생각했고 또 평소에 일상적 언어를 통해 자기 삶을 서사화할
기회를 얻지 못했던 평범한 사람들의 이야기를 통해 마음의
습속이 잘 드러날 거라 생각했기 때문에 이들이 선택되었다.
이들의 이야기들을 바탕으로, 1부 대구경북 사람들의 자아(친
밀성 이야기, 시장 이야기, 시민사회 이야기, 지역공동체 이야기, 정
치 이야기, 종교 이야기), 2부 대구경북 사람들의 언어(그림자 언
어, 공부 언어, 연대 언어, 기억 언어, 무조건주의 언어), 3부 대구경
북 사람들의 삶의 지향(가치, 규범, 목표)을 보여준다.

2. TK는 진짜 성찰하지 않나?

이 책을 읽으면서 "TK는 왜 그럴까?" 하는 의문이 어느 정도
는 해소되었다. TK는 의리로 똘똘 뭉쳐 대통령을 줄지어 탄
생시킨 지역이라는 우월감을 가지고 있고, 정서적으로 좋아서

혹은 어릴 때부터 같이 성장한 향수 때문에, 그리고 세상을 긍정적으로 바라보려고 노력하기 때문에 보수당을 지지한다. 이 책을 통해 TK에게 '보수'라는 단어가 무엇을 의미하는지, 박정희에 대한 TK의 마음이 어떤지를 자세히 알 수 있었다. 하지만 이와 동시에 몇 가지 의문이 생겨났다. 저자는 독자들이 "내가 알고 있는 대구경북 사람들은 그렇지 않다"거나 "대구경북 사람 모두가 그렇지 않다든가, 다른 지방 사람도 그렇다"라고 비판할 수 있다는 점을 예상하고, 이 연구는 "연구 참여자들의 이야기를 통해 일반화를 추구하는 것이 아니기에 대표성이 있느냐, 없느냐 하는 문제 제기보다, 사회생활 전반에 걸쳐 이야기꾼으로서 그들이 살았던 장소와 시대의 감성을 서사하는 것에 집중하고자"(31~32쪽) 한다고 미리 밝히고 있다. 저자의 의도를 수용하더라도, 유교, 국가적 자아, 베이비부머, 긴 세대 등 이 책에서 중요하게 사용되는 개념들을 떠올려 본다면, 이 연구는 특정 지역이라기보다 '특정 지역의 특정 세대'의 마음의 습속에 대한 연구가 아닌가 하는 의문이 계속 들었다. 그리고 이보다 더 끈질기게 떠오르는 의문은 이 글에 등장하는 연구 참여자들이 과연 저자가 주장하듯 '습속대로 살며 성찰하지 못하는가?' 하는 것이다.

〈시민사회 이야기 분석〉에서 저자는 대구경북 사람들은 습속대로 살아가기 때문에 아직 시민적 주체가 되지 못했다고 평가한다. 그들은 여전히 "공동체주의 언어, 왕조시대 언어, 국가주의 언어를 사용하여 시민 영역 언어를 배척한다. 연구 참여자들은 의사소통적 제도로서 언론을 신뢰하지 않는다. 시민 영역은 사회가 충분히 민주화되어야 성장할 수 있다. [그러나] 대구경북의 공동체주의 마음의 습속은 시민 영역의 싹이 움트지 못하게 막는다. 보편적인 선을 추구하는 시민 영역의 언어를 사용하지 않는다는 것은 아직 민주주의 사회에 이르지 못했다는 것을 보여주는 것"이라고 분석한다(135쪽). 그리고 시민사회와 고립된 상태에 있는 대구경북 사람들이 여기서 벗어나려면 "사회적 관습의 굴레에서 벗어나 자신의 삶이 펼쳐지는 사회적 장을 성찰적으로 바라보고 사유하는 주체적 개인이 형성되어야 한다."고 쓰고 있다(137쪽). 저자의 분석을 거칠게 요약해 본다면, 대구경북 사람들은 '아직' 성찰하는 시민적 주체가 되지 못했고, 그래서 대구경북에 시민사회가 '아직' 발전하지 못했다.

하지만 이 분석의 대상으로 삼고 있는 연구 참여자들의 이야기를 들어보면 이런 분석 결과가 과연 적절한가 하는 의문이 든다. 자신을 '진보적인 보수'라 칭하며, 정치하는 사람들은 '언변의 연금술사, 기회주의자'이자 자기들 이익과 필요에 따라 움직이는 집단이라 평가하는 여정란. 정치는 잘 모른다면서도 '박사모'들의 과격한 이야기에 반감을 느끼며, 자신이 종사하는 제조업체 상황을 고려해 볼 때 이주노동자 이민을 허용하지 않은 이유가 없다고 설명하는 남현무. 경제가 발전하고 사회는 민주주의로 흐르지만, 국회나 언론은 매우 뒤처져 있고, 국회의원들이 일은 제대로 하지 않으면서 선거 표 때문에 선심 공략을 하고 있다 비판하는 남계식. 시민으로서의 의식은 자신의 노동 현장에서 노동의 과정 중에 형성될 수도 있고, 가정에서 정치적 의견이 만들어지거나 수정되기도 한다. 자신이 오랫동안 종사한 노동 현장의 상황, 아직 장가를 가지 못한 자신의 동생 문제를 놓고 이주노동자나 국제결혼에 대한 인식을 만들어 가는 것, 이것이 촛불집회에 참여하거나 시민운동 단체에 후원하는 것보다 가치 없는 것일까?

〈정치 이야기 분석〉 역시 〈시민사회 이야기 분석〉과 비슷한 내용으로 전개된다. 저자는 정치를 의회 정치, 제도 정치 등으로 제한시켜 이해하고 있는 것 같다. 가족 내의 정치, 생활과 밀착한 정치 등에 관한 내용을 함께 포함시켰다면 분석 결과가 달랐을 수도 있을 것 같다. 저자는 대구경북 사람들의 무조건주의 언어를 꼬집고 있지만, 남민수의 경우 대구경북의 '묻지마 투표', 무조건주의가 지역 발전을 저해했다는 사실을 정확히 알고 있다.

〈지역 공동체 이야기 분석〉도 마찬가지다. 대구경북 사람들은 "습속에 의해 체화된 언어를 살아가는 것이 정서적으로 편하므로 새로운 언어를 창출하려고 하지 않는다. [...] 이들이 상호작용 하는 대상은 대구경북 지역에 한정되어 있으며, 공동체 밖의 타자들과 교류하는 기회가 많지 않고 끈끈한 사회

자본을 형성하고 있"는데, "대구경북의 경계를 뛰어넘어 타지역과도 상호 주관적 세계를 형성할 수 있는 공적 상징체계를 구축하여 새로운 행위 전략을 펼쳐야 할 것"이라고 마무리한다(155쪽). 하지만 여재선의 경우, 밖에서 대구경북을 '보수 꼴통'으로 보는데 어떻게 생각하느냐는 질문에 대해 "보수 꼴통이면 안 된다. 시대에 따라 변해야 한다."며 자신 역시 과거에 "굉장히 꼴통"이었지만 뉴스도 보고 사회생활을 해나가면서 많이 바뀌었다고 한다. 한남(한국 남자) 스타일인 아들과 한남 스타일이 아닌 예비사위를 대조하며 "대구경북의 한남 스타일은 최악"이라는 여정란은 또 어떤가? "한남 알제? 특히 대구경북의 한남 스타일은 최악이라. 여자 위에 군림할라 카고 여자를 밑에 둘라 카고 그런 거란다. 우리 예비 사위는 한남 스타일은 아닌 것 같더라. 왜 대구경북 한남 스타일이 질색이겠노? 종갓집 캐사코 여자들 출가외인 캐사코 기성세대들이 그런 세대들이 많다 보니까 밑에 자라는 세대들도 영향을 마이 안 받겠나?"(142, 216쪽) 저자가 지적하듯 "기성세대에게 결혼은 습속이다. 이는 성찰 대상으로 삼을 필요가 없다."(72쪽) 하지만 여정란은 어떤 사람과 결혼하는 것이 좋을지, 현대의 젊은 여성들이 어떤 사람을 선호하는지에 대해 잘 알고 있다. 그래서 한남 스타일 아들을 두고 걱정까지 하고 있는 것이다.

이 연구가 좀 더 사람들의 복잡성, 사고의 균열 지점에 주목했더라면 어땠을까 하는 아쉬움이 남는다. 예를 들어 방금

언급했던 여정란의 아들 이야기에 다시 주목해 보자. 촛불집회와 관련해서 "아들 친구는 광화문인가 그 가가꼬 뭘 발언대에서 지 목소리 내가 네이버 신문에도 막 실리고 그랬어. K대 역사교육학과에 다니는데 아들은 가를 얼마나 자랑스럽게 생각하는지 모른다. 가는 역사관이 뚜렷하거든. 아들은 지 친구를 너무너무 자랑스럽게 생각한다."(214~215쪽)고 말하고 있다. 여정란의 말을 종합해 보면 그의 아들은 한남 스타일 대구 남자로 촛불 집회를 지지한다는 사실을 알 수 있다. 사람들이 이미 만들어 놓은 TK이미지를 벗어난 인간형에 좀 더 주목해 봤다면 새로운 분석 결과가 나오지 않았을까? 책을 읽는 중 호기심을 끄는 인물이 하나 더 있었다. 역사적으로 중요한 순간이라 생각하고 태극기 집회에 한 번 참여해 봤지만, 그 와중에 '미안하지만' 명동성당과 덕수궁 돌담길에 놀러 갔다 왔다는 여경숙(118쪽). 태극기 집회, 촛불 집회가 한창이던 당시 사회적 상황이 분명 역사적으로 의미 있는 사건임을 인식했고, 그래서 자의반 타의반 서울까지 갔지만, 거기서 명동성당을 구경하러 간 사람. 이런 사람들의 목소리를 좀 더 듣고 싶다. 이념과 정치적 견해 등으로 다 설명되지 않는 이런 사람들의 목소리를 좀 더 부각해서 보여준다면 대구경북에도 우리와 똑같은 사람들이 살고 있다는 상식을 함께 보여줄 수 있지 않았을까?

3. 보편적인 언어는 진짜 보편적인가?

이 책의 결론에 해당하는 에필로그는 다음과 같이 마무리된다. "보수주의적 가족주의 언어로는 기존의 벽을 넘을 수 없다. 공적 상징체계를 새롭게 구축해서 문화화용 능력을 확장하면 보편적인 언어를 활용하는 것이 가능해진다. 그럴 때쯤이면 나의 문화 집단 사람들이 지역 간의 경계를 뛰어넘어 새로운 이야기를 창출하게 될 것이다."(372쪽)

본문에서도 저자는 TK가 "보편적인 선을 추구하는 시민 영역의 언어를 사용하지 않는다는 것은 아직 민주주의 사회에 이르지 못했다는 것을 보여주는 것인가"(135쪽)라고 질문한 다음 "사회적 관습의 굴레에서 벗어나 자신의 삶이 펼쳐지는 사회적 장을 성찰적으로 바라보고 사유하는 주체적 개인이 형성되어야 한다."(137쪽)고 말하는 대목도 이와 유사하다. 그런데 이와 비슷한 문장을 만날 때마다, 대구경북 사람들이 되어야 하는 주체적 개인은 대체 어떤 것인지, '보편적인 언어'와 '보편적인 선'은 무엇인지, 대구경북 사람들이 '아직' 도달하지 못한 '민주주의 사회'는 어떤 모습인지 궁금해졌다.

저자에 따르면 대구경북 사람들에게 '의리'는 정의와 명분이다. 그런데 이 의리가 왜곡되어 합리적 판단, 이성적 평가가 어려워지는 문제가 발생한다. 유사 가족 집단 같은 '우리끼리' 문화가 형성되어 집단 안팎의 사람들에 대한 이익과 특권이

달라진다. 이런 대구경북 사람들은 합리적이고 개인적인 사고를 지향하는 데 익숙하지 않고, 습관과 인습에 따라 움직이는 비합리적이고 전근대적인 문화구조가 내면화되어 있다. 그렇다면 대구경북이 '아직' 도달하지 못한 합리적 문화구조는 대체 무엇인가?

뒤르켐의 종교사회학은 사회는 일종의 종교처럼 작동한다는 사실을 밝혀준다. 그것은 단순히 전근대 사회에만 해당되는 말이 아니다. 합리적인 것처럼 보이는 현대 사회도 역시 과거의 신을 대신한 수많은 토템을 만들어 내고 그것을 중심으로 숭배자들의 통합을 꾀한다. 누군가는 대구경북의 '박정희 토템 숭배'에 대해 전근대적이고 비합리적이며 광신적인 습속이라고 말할 수도 있을 것이다. 하지만 우리는 모두 삶 속에서 특정한 토템을 만남으로써 삶이 변화되고 삶의 의미가 생기는 것을 경험한다. 토템을 중심으로 사람들은 형제, 자매로 서로 연결되며 그 속에서 소속감을 느끼고 정체성을 형성하며 안전하고 존중받는다고 느낀다. TK에게 박정희가 토템이라면, 다른 누군가에게는 돈이, 누군가에게는 아이돌이, 또 다른 누군가에게는 민주주의가 토템이 될 수 있다. 이렇게 보면 베버가 말했던 것만큼 우리 사회는 탈신비화, 탈종교화되지 않은 것일지도 모르겠다. 이런 관점에서 본다면, TK 사람들은 자신이 속한 집단의 문화적 가치에 따라, 크고 작은 자기 믿음에 따라 행위하며 그것은 나름의 합리성을 가진다.

대구경북을 '아직' 시민사회로 성숙되지 못한 전근대적, 비합리적 상태로 보는 건 어쩐지 거부감이 든다. 대구경북 외의 지역은 근대적이고 합리적이며 성숙한 시민사회를 이루고 있는가? 과연 TK 외부 지역 사람들은 주체적 개인으로 성장했고 보편적인 언어를 사용하며 열린 태도로 타자들과 상호작용하며 살아가는가? 박정희가 최고라 믿는 대구경북 사람들의 무조건적 숭배와, 대구 수돗물에 발암물질이 검출되었을 때 대구 시민들을 향해 인과응보라며 '발암물질 마시고 죽어라'고 한 TK 혐오 중 무엇이 더 광신적이고 위험할까?

'서울-보편-우등-진보' vs. '지역-특수-열등-보수'라는 낡은 등식을 떠올리게 하는 이런 구도 속에서 TK는 그 자체의 가치와 특수성을 가진 지역으로 평가되는 대신, 아직 보편에 도달하지 못한 상태로 평가된다. 오히려 TK의 지역적 특수성을 좀 더 적극적으로 해석해 보였으면 어땠을까 한다.

4. TK 출신 연구자가 TK의 마음을 연구할 때

저자는 프롤로그에서 최근 자신이 두 개의 세계에 살고 있으며, 그 가운데 경험하는 고통에 대해 말한다. "나는 요즘 두 개의 세계에서 살고 있다. 습속이 지배하는 '생활세계'와 사회학적 사고를 지향하는 '학문세계'가 내 안에서 각축을 벌인다. 일상의 삶에 깊게 연루된 두 세계를 오가니 무척이나 혼란스럽다. 나는 50여 년의 세월을 살아오는 동안 내가 속한 문화 집단에서 별다른 불편함을 느끼지 않았다. 하지만 학문세계에 입문하고 나서부터는 생활세계에서 부대끼던 사람들과의 관계가 어색해졌다. [...] 때로는 엄청나게, 때로는 미세하게 느껴지는 차이로 인해 평온했던 내면이 흔들리며 고통스러워졌다. 이 세계와 저 세계가 완전히 별개로 존재하게 된 듯하다." (22~23쪽) 연구가 진행되면서 이 고통은 더욱 커진 듯하다. 저자는 에필로그에서도 다시 한 번 자신이 느낀 고통과 분노, 모순에 대해 설명한다.

보통 사회과학에서 연구자는 보이지 않는 뒤편으로 빠지고 연구 대상에 대해 객관적으로 기술하는 것을 중립적이라 한다. 하지만 사실 인간을 연구하는 연구자가 연구 참여자와 관계를 맺지 않는다는 건 불가능한 일이다. 이것이 연구의 중립성을 훼손하는 것도 아니다. 오히려 연구자와 연구 참여자의 관계에 대해 적극 성찰할 때, 새로운 연구 방법과 결과가 도출될 수 있을 것이다. 이런 점에서 TK 출신 연구자가 TK의 마음의 습속을 연구하고자 하는 이 연구가 흥미를 끌었다.

보통 사람들은 자신이 지지하며 지켜왔던 믿음의 근거가 무엇인가라는 질문 자체를 모욕적으로 느낄 수 있다. '예전부터 무조건 좋아했던 사람에 대한 사모하는 마음'을 의심의 대상으로 취급한다는 것은 고통일 수 있다. 내가 가진 믿음을 조사한다는 건 너무 냉혹해 보인다. 하지만 이런 질문 던지기를 통해서만, 자신의 믿음을 전통이나 습관, 관습에 따라 권위적으로 인정하는 것 대신에, 자신의 소속 지역이나 소속 집단으로서의 입장에 따라서만 세계와 타자를 바라보는 것 대신에, 자신이 다른 모든 인간과 연결되어 있다는 사실을 깨달을 수 있다. 이것이 바로 성찰하는 삶이다. 아마 저자는 사회학을 통해 이런 성찰을 시작하게 된 듯하다. 저자는 스스로에 대해 "마음의 습속을 탐구하고 나를 성찰의 대상에 놓는 순간, 나는 이미 가족적 자아를 벗어나 더 넓은 세계로 확장하고 있다고 자부한다."(371쪽)고 말하고 있다. 그래서 저자는 자신이 했던 이런 성찰을 대구경북 사람들이 함께 하기를 바라고 있는 것 같다. 저자가 강조했던 보편주의의 언어에 대해 나는 앞에서 다소 비판적으로 의문을 표하긴 했지만, 실은 민주주의와 좀 더 보편적인 가치에 대한 저자의 강조를 충분히 이해하고 있고 나 역시 그것이 이루어진 사회를 진심으로 갈망한다. 또한 자기 지역에 대한 저자의 안타까움 역시 충분히 이해한다.

이 글을 쓰는 나는 TK에서 멀지 않은 부산에서 나고 자랐다. 크게 보면 우리는 경상도, 영남권으로 묶이고, 사실 최근 선거결과에서도 두 지역은 비슷한 특성을 드러내 보여주었다. 자신의 지역 사람들에 대해 연구하면서 저자가 느낀 고통과 갈등이 나에게도 생생하게 전달되는 듯하다. 그리고 이 서평을 쓰는 지금 나는 곤혹스러움을 느끼고 있다. 나 역시 TK

에 대해 이해하기보다는 비판하는 것이 더욱 즉각적이고 솔직한 반응이기 때문이다.

나의 이 곤혹스러움은, 일상생활을 살아가는 평범한 사람들을 좀 더 가까이에서, 좀 더 비슷한 높이에서, 그들 속에서 바라보고 싶다는 생각에서 비롯된 것이다. 사람들이 가진 역사·정치·타자에 대한 인식과 지혜, 통찰을 있는 그대로 신뢰하고 싶다. 대구경북 사람들 역시 험난한 역사를 살아냈고, 또 매일의 삶의 무거움을 경험하며 살아가고 있을 것이다. 그 가운데 중요한 타자를 만나기도 했을 것이고 자신의 인생을 송두리째 흔들어 놓는 사건을 경험하기도 했을 것이다. 순탄했으면 순탄한 대로 삶과 세계에 대한 의미를 찾았을 것이고, 자신의 정치적 견해와 인생에 대한 철학을 나름 정립해 나갔을 것이다. 그것을 당장 말로 표현하기가 매우 힘들 뿐, 그래서 마치 그들이 성찰하지 않는 듯 보일 뿐.

나이가 들면서 자신의 우상 박정희를 언급할 때 자식들 눈치도 봐야하고, 그럴 때면 변해 버린 시대가 야속하기도 할 것이며 그래서 그것을 지키려 발버둥 치기도 할 것이다. 자신의 믿음의 대상에 대해 다른 이들이 불경스럽게 말하거나 심지어 개종하라고 요구 받을 때 사람들은 큰 고통을 느끼고 반발할 것이다. 그건 아마 자기 존재의 근거로부터 완전히 뿌리 뽑히는 것에 비견할 만한 고통일 것이다. 외부인이 보기에 그 믿음의 근거가 형편없는 허상이라 해도 마찬가지다. 그럼 대체 어떻게 해야 할까?

KT 출신 사회학자가 TK를 뜨거우면서 동시에 냉철하게 비판해 내는 어려운 과제를 해냈다. 이제 TK가 대체 왜 저러냐고 궁금해 하지만 실상 그 의문 아래에 혐오가 있는 건 아닌지, TK에 강요하는 보편적이고 합리적인 문화 구조를 TK 외부인들은 제대로 갖추고 있는지 질문해 봐야 할 것이다. 변화된 시대와 민주주의, 국가와 사회에 대해 TK가 보편적인 언어를 사용해 성찰해야 한다고 말하기 위해서는, 그와 함께 TK에 대한 혐오와 조롱의 문제에 대해서도 깊이 있게 성찰하고 그런 혐오와 조롱이 어떤 결과를 가져올지에 대해서도 냉정하게 성찰해야 하지 않을까? TK를 둘러싼 정치적·문화적 벽은 너무나 높고 두꺼워 보이지만, TK의 또 다른 인간적인 면모들에 주목해 본다면 실상 그 벽을 넘어 양쪽이 현실적으로 소통할 수 있는 가능성을 보여줄 수 있지 않을까?

경계를 넘어서 :
선택을 강요한 현대사의 비극

『**조난자들**』주승현, 생각의힘, 2018
『**한국이 낯설어질 때 서점에 갑니다**』김주성, 어크로스, 2019

정광모 소설가

경계에 선 사람이 있다. 그는 안쪽으로 들어가려고 노력한다. 그런데 안쪽으로 들어 와보니 바깥쪽에서 왔다고 타박한다. 안쪽이라고 생각한 자리가 오히려 먼 바깥으로 나가는 통로일 수도 있다. 그렇다 해도 경계에 선 자들은 그 자리에 안주하기보다 안으로 때로는 밖으로 가려고 노력한다.

한국 현대사는 안과 밖을 명백하게 분리하는 방향으로 진행되어 안쪽 사람들은 더 안쪽으로, 바깥쪽 사람들은 더 바깥쪽으로 나가는 방향으로 살아야 삶이 쉬워졌다. 경계에 서서 안쪽 사람에게서는 당신 바깥쪽 사람 아니야 라는 질문을 받고, 바깥쪽 사람에게서는 당신 안쪽 사람 아니었어 라는 추궁을 당하고 싶지 않기 때문이다.

안도 밖도 흡족하지 못해 경계에 서서 우물쭈물하고 있으면 기회주의자로 비난받는다. 안과 밖의 구심점에 있는 사람들은 경계에 선 자에게 선택을 강요한다. 경계는 늘 불안정하다.

주승현은 『조난자들』에서 이렇게 말한다. "한반도는 분단 체제하에서 수많은 조난자들을 양산해냈다. 조난자들은 여전히 왜곡되고 피폐한 삶을 살아가고 있다. 통일을 이루지 않고서는 우리 사회의 모든 구성원들이 잠재적인 조난자의 운명을 배면에 깔고 있는지도 모른다."

조난자는 항해나 등산 따위를 하는 도중에 재난을 만난 사람을 말한다. 주승현은 북한 출신의 탈북민이다. 비무장지대 북한군 심리전 방송국에서 근무했던 스물 두 살의 그는 2002년, 한국군 경계초소로 탈출한다. 뛰어서 걸리는 시간은 단 5분이지만 목숨을 건 길이었다. 비무장 지대의 북한 지역에 설치된 1만 볼트 고압전기가 흐르는 4선 철조망과 촘촘한 매복호, 각종 장애물과 겹겹의 철책선, 넓은 지뢰 구역을 지나고 전방 탐지 기기의 추적을 피해야 한다. 위험천만한 전방을 넘으면 자유와 희망이 기다린다고 그는 믿었다.

북한 이탈 주민의 초기 적응 교육을 실시하는 하나원을 거쳐 그는 자유와 희망이 숨 쉬는 한국사회로 나왔다. 그런 그는 곧바로 '잉여인간'으로 전락한다. 그는 고백한다. "북한에서는 한 번도 굶어본 적이 없었지만 남한에서 처음으로 굶어

봤다. 생활비라도 벌기 위해 주유소에 찾아가 면접을 봤지만 퇴짜 맞기 일쑤였다. 구인 공고가 실린 지역생활정보지가 집 한편에 켜켜이 쌓여갔지만 탈북민을 받아주는 곳은 어디에도 없었다."

주승현은 사선을 넘어 한국으로 왔는데 '한국사회의 생존'이라는 또 다른 사선을 넘어야 했다. '능력', '노력', '자기계발', '적응'으로 포장되어 있는 한국의 사선은 교묘하고, 질기며, 빠져나갈 수 없는 그물망이었다. 탈북민 중 일부는 성공한다. 저자는 하나원을 나온 지 십여 년을 지나서 송년모임에서 하나원 출신들을 만난다. 유력신문의 기자로 유명해진 이도 있고, 한의사, 공무원, 박사도 있고 중견 회사의 간부로, 잘 키운 아들딸 여럿을 둔 이도 있다. 그들은 주승현처럼 "사선을 넘어와 또 다른 사선에서" 오늘까지 싸워왔다. 조난자 중에서 그들은 행운이든, 본인의 노력 덕분이든 구조된 자에 속한다. 그들은 성공해서 경계를 넘어간 것이다. 경계를 넘었기 때문에 성공한 것은 아니다. 그들은 한국사회에 안착했고 뿌리를 깊게 내리고자 노력한다. 경계인의 삶에서 이런 해피 엔딩 스토리가 대다수라면 얼마나 좋을까! 다수는 그렇지 않다.

저자는 차분히 탈북민의 실태를 말한다. 2014년에 통일부에서 조사한 자료에 따르면 탈북민의 평균 소득은 146만 원으로 노동자 평균 소득의 절반도 안 되며, 탈북민 실업률도 평균 실업률보다 4배 넘게 높다. 2007년 한국형사정책연구원 연구에 따르면, 탈북민의 범죄피해율은 24.3퍼센트에 달하고, 평균 범죄피해율 4.3퍼센트의 5배가 넘는다. 사기피해율도 탈북민 5명 중 1명꼴로 평균 사기피해율의 43배에 달한다. 2016년 기준 한국인의 자살률은 인구 10만 명당 24.6명으로 OECD 회원국 중 13년 연속 1위였다. 탈북민의 자살률은 그 3배에 달한다.

저자는 귀순 후 십 년 만에 학부와 대학원을 마치고 통일학 박사를 취득했다. 그 과정은 혹독할 만큼 시리고 궁핍했다. 저자는 차분히 자신의 생존 경험을 말하는데 거센 파도와 싸우며 뗏목의 가장자리를 악착같이 붙잡은 처절함이 배여 있다. 저자의 지인 중 한 명은 대학을 다니다 위암으로 죽고, 북한에서 엘리트 대학으로 손꼽히는 김책공업대학교를 졸업하고 한국에 와서 다시 경영학과에 다녔던 고향 지인은 목을 매어 자살한다. 교사 출신의 탈북민은 식당 주방 보조로, 북한군 연대장 출신의 탈북민은 주유소 아르바이트로 밥줄을 잇고, 북한에서 의사였던 한 명은 청소부로 유리창을 닦다 추락해 숨진다.

탈북민이 넘어야 하는 한국의 사선은 경제적 빈곤만이 아니다. 탈북민을 대하는 한국사회의 심각한 편견과 차별, 배제가 기다리고 있다. 저자는 탈북민을 생각하면 너무나 가슴 아프다고 말한다. "북한에서는 배신자로, 한국에서는 북한 체제의 증언자인 동시에 이등 국민, 삼등 국민으로 취급된다. 결국 탈북민은 탈출자인 동시에 남북한 어느 곳에서도 제대로 인정받지 못하는 사생아다." 그래서 목숨을 걸고 입국한 한국을 다시 등지는 탈북민의 행렬이 이어진다. 그들은 국제사회의 디아스포라로 살아가기를 선택한다. 한국인들은 그들 디아스포라의 선택을 또 비난한다.

　　한국인은 탈북민을 환대하지 않는다. 북한과 체제경쟁을 할 때 잠시 탈북민을 환대한 적은 있었다. 환대란 나를 찾아온 타인을 무조건 받아들이고 호의를 베푸는 의식과 행동이다. 환대는 특정한 공간에서 실천해야 한다. 한국인은 '우리'라는 독특한 관념, '단일 국민'이라는 기이한 상상력에 갇혀 있다. 그래서 그 관념을 받아들이고 그 상상력 안으로 무릎을 꿇고 기어서라도 들어오는 자만을 환대한다. 우리는 탈북민만 아니라 모든 난민과 3세계인을 차별한다. 우리는 조난자를 차별 없이 구조한다는 생각을 좀처럼 하지 못한다. 우리의 눈은 맹목적으로 서구와 미국의 가치와 평가에 맞춰져 있고, 그런 가치를 벗어나 한국인 독자의 정체성을 세우기를 겁낸다. 한국인은 근대 국민국가를 넘어서지 못하면서도 '조국'이 서구와 미국에게 인정받기를 원한다. 탈북민이나 난민과 같은 뒤처진 자에게 한국이 인정받은들 무슨 소용이 있는가 생각한다. 우리는 그들에게 시혜를 베풀 따름이다.

　　그래서 주승현은 한국사회에 실재하는 탈북민에 대한 편견과 차별, 배제가 북한 주민들에게 전해질까 걱정한다. 걱정을 넘어 두려워한다. "이런 사실을 북한 주민들이 알게 된다면 한국에 대한 감정이 악화되어 남한이 주도하는 통일을 더욱 강력하게 거부할 것이며, 통일 그 자체에 대한 열망도 사그라 질 것이다."

통일되더라도 북한 주민들이 이등 국민으로 살아야 한다 면, 그들이 왜 통일조국에서 살겠는가? 북한 주민 대다수가 조난자로, 디아스포라로 나서는 일이 벌어지지 않을까? 3만 3,000명 남짓한 탈북민을 포용하지 못하면서 2,500만 명 넘는 북한 주민을 포용한다는 건 불가능하다. 그와 함께 이런 질문 을 던져보고 싶다. 한국은 살만한 곳인가? 탈북민이 견뎌내지 못하는 한국사회는 어떤 의미인가? 우리 한국인들은 어린 시 절부터 무한경쟁에 시달리면서 벼랑에서 버티는 삶에 익숙하 다. 그래서 우리가 삶으로 부르는 실체는 도저히 정상이 아닌 삶이 아닐까? 우리가 먹지 못하는 음식을 다른 사람에게 먹으 라고 내 줄 수는 없는 것이다.

저자는 또 한국 진보 진영이 왜 북한 주민과 탈북민의 인 권 문제에 침묵하는지 묻고 있다. 그는 인권 문제에 관해 침묵 하는 진보는 결코 진보가 아니라고 지적한다. 북한 인권 문제 를 북한 체제를 향한 공격용으로 이용하는 것도 문제지만 북 한이 인권 청정구역인 것처럼 아무 말 하지 않는 것도 문제다. 세상 어느 나라도 인권 문제가 없는 나라는 없다. 지구의 국가 가 모두 유토피아로 변하지 않는 한 인권문제는 끊어지지 않을 것이다.

책 2부는 남북분단에 따른 한반도의 조난자들을 1940년
대부터 2000년대까지 시기별로 정리하고 있다. 서북청년단
과 소설 『광장』의 이명준, 이중간첩 이수근과 황장엽이 조난
자들이다. 한반도의 조난자들 중에서 1960년대에 만경봉호에
오른 북송 재일동포가 눈에 띈다. 1959년부터 1984년까지 총
186차례에 걸쳐 9만 3,339명이 북한으로 이주했다. 그런데 당
시 일본 정부는 북송 재일동포에게 일본으로 다시 돌아올 수
있는 가능성이 거의 없다는 사실을 숨겼고 적십자를 개입시켜
일본 정부의 정치적 책임을 회피하려고 했다.

저자는 북송 재일 동포에 관해 이렇게 평한다. "1960년대
북송을 선택한 재일동포는 지상낙원 북한으로 향하는 만경봉
호에 들뜬 마음으로 올라앉았을 것이다. 그러나 약속은 지켜
지지 않았다. 이들은 출신 성분에서 불이익을 받고 체제 부적
응자로 낙인이 찍혀 군 입대나 승진에 있어서도 차별 대우를
받았다. 특히 배급제가 제대로 작동하지 못했던 1990년대를
보내면서 이들의 처지는 순식간에 나락으로 곤두박질쳤다."

최악의 생활고로 재일동포 출신들도 탈북 대열에 합류했
다. 한국으로 입국한 이들도 있고, 제3국을 거쳐 일본으로 입
국한 사람들도 있다.

『한국이 낯설어질 때 서점에 갑니다』를 쓴 북한 작가 김주
성은 재일동포 출신 탈북민이다. 그는 일본 도쿄에서 출생한

재일조선인 3세다. 어린 시절 또래 일본인 친구들에게 '조센징'이라고 놀림당하며 자랐고 1979년 16살 나이에 조부모와 함께 북송선을 타면서 '북한 인민'이 됐다. 북한에서는 또 '쪽발이', '째포(재일교포)'라 불리며 성장기를 지내야 했다. 조선작가동맹의 현직 작가로 활동하다가 2009년에 탈북해서 대한민국 시민이 됐다. 경계인 중의 경계인인 셈이다.

김주성의 가족사를 보자. "나의 조부님은 경상도 사람이다. 일제강점기에 일본으로 건너가셨고 나는 거기서 태어났다. 그리고 이념 때문에 북한으로 갔고 나도 뒤를 따랐다. 당시 10대 소년이었던 나는 이념과 제도의 개념조차 제대로 몰랐다. 다만 편견과 차별이 없는 사회주의 지상낙원에서 행복한 미래를 바랐을 뿐이었다. 그러나 그곳엔 자유가 없었다. 햄버거도 라면도 없었다. 결국 탈북을 하여 조부님의 고향인 대한민국에 정착하게 되었다. 조부님이 1930년대에 일본으로 떠나셨으니 거의 80년 만에 출발점으로 돌아온 것이다."

김주성은 한국에 와서 제일 좋았던 점이 뭡니까? 라는 질문을 받았을 때 스스럼없이 이렇게 답했다고 한다. "24시간 정전 없이 전기가 들어오고 24시간 수돗물이, 그것도 온수까지 나오고 취사할 수 있는 것이 제일 좋았습니다." 그는 '자유의 맛'을 전기와 온수로 느낀다. 김주성은 10대까지 일본에서 자란 영향이 있어선지 글과 생각이 유쾌하고 명랑하다. 그가 한국을 파악하는 방법은 '책'을 통해서다.

사람이 세상을 파악하는 방법은 첫째가 '경험'이며, 둘째가 '상상력'이고 세 번째가 '책'이다. 책과 영화를 비롯한 자료는 현실 세계를 한 번 걸려 제시한다. 그가 '책'을 통해 받아들이는 한국은 낭만이 배경으로 깔려 있다. 주승현이 『조난자들』에서 보여준 처절함과 거리가 멀다. 왜 그럴까? 그의 조부가 경상도에서 살았던, 그래서 한국에 고향이 있는 사람이기 때문일까? 아니면 한국의 전기와 온수가 다른 모든 불평등과 차별을 압도하고도 남는 물질적 유혹이기 때문일까? 그것도 아니면 김주성 개인의 캐릭터가 밝기 때문일까?

　　김주성이 책을 통해 한국을 이해하는 내용보다 책 내용과 비교하는 북한의 생활이 더 흥미롭다. 그는 북한이라는 '윗동네'에서 작가였다. 그는 북에서 문학이란 정해진 틀에서 벗어날 수 없는 체제 선전을 위한 일종의 프로파간다라고 말한다. '윗동네'의 작가들은 '직업적인 소설가'다. 국가의 월급을 받고 해마다 정해진 수만큼 무조건 작품을 써서 출판해야 한다. 소설가의 경우 1년에 단편 두세 편, 3년에 중편 한 편 정도다. 당국이 제시한 과업을 완수하지 못하면 '부진작가'로 낙인찍혀 종당에는 작가동맹에서 퇴출된다. 그가 무라카미 하루키의 『직업으로서의 소설가』를 읽고 깨닫는 것은 '책은 팔기 위해서 쓰는 것'이며 한국과 같은 '우물 밖'에서도 직업적인 소설가가 된다는 것은 조련치 않다는 깨달음이다.

　　김주성은 안은별이 쓴 『IMF 키즈의 생애』를 읽고 1997년

환난의 시대를 한국 청년들이 어떻게 살았는지를 학습한다. 북한에서는 1990년대 '고난의 행군'이라는 극심한 식량난과 기근을 겪은 세대를 '장마당 세대'로 부른다고 한다. 국가의 공급체계가 멈춘 뒤, 주민들이 자생적으로 장사를 해서 키운 세대라는 뜻이다. 김주성은 'IMF 키즈'와 '장마당 키즈'는 서로 다른 환경에서 비슷한 고생을 했던 세대가 아닐까 싶다는 선에서 멈춘다. 그는 두 세대를 비교 분석하지 않는다. 일부에서 말하는 한국이 'IMF'를 겪었기 때문에 비약적인 사회변혁과 경제발전을 이룰 수 있었다는 주장을 소개하면서 진통을 겪어야만 진화가 이루어지고 발전한다는 정도로 가볍게 짚고 넘어갈 뿐이다.

김주성은 『전태일 평전』을 읽고 자신이 동경하기만 했던 한국의 과거사를 음미하고, 『왜 우리에게 기독교가 필요한가』를 읽고 한국에 왜 이렇게 교회가 많은지, 교회가 사회를 위해 뭘 할 수 있을지를 고민하며, 『엔지니어의 생각하는 즐거움』을 읽고 북한의 먹고 살기 힘든 엔지니어와 한국의 월급 많은 엔지니어를 비교해 보기도 한다.

김주성이 책을 통해 이해하는 한국 사회는 피상적이다. 다르게 말하면 한국사회와 한국인을 지나치게 긍정한다. 적어도 책에 나오는 내용은 그렇다. 주승현이 탈북민을 정치적 생산자로서 세우는 데 관심이 있다면 김주성은 정치적 소비자로서 한국을 겉으로 나타나는 현상을 통해서만 파악한다. 그것도 나쁘지 않다. 한국 사회를 전기와 온수가 풍부하게 공급되는 사회로 파악하는 것도 진실의 한 단면이다. 그러나 정치적 소비에도 여러 길이 있으며 '소비'하면서도 사회를 더 좋게 바꾸는 방향도 있을 법하다.

주승현의 책은 경계인으로서 고민과 성찰이 넘쳐난다면, 김주성의 책에는 거의 없다시피 하다. 그는 현실을 긍정하고 탈북민이 받는 차별이나 배제도 비판하기보다는 인간 세상에 으레 있는 속성으로 치부한다. 김주성은 가볍고, 쿨하고, 낙관과 달관으로 경계인의 삶을 대한다. 그는 아내와 함께 생애 첫 크리스마스트리를 가지면서 "작은 나무 하나조차 어떤 마음으로 대하느냐에 따라 이토록 커다란 행복을 만들어주는구나." 깨닫는다. 그래서 그가 한국 사회에 방송인으로, 강사로 잘 적응하고 있는지도 모른다.

양쪽 다 삶의 한 방식이며 탈북민은 어느 쪽이든 선택할 수 있다. 단지 경계와 경계인의 의미를 다시 생각해보고자 한다. 지구에서 벌어진 생명의 역사는 쫓겨서 경계까지 몰린 생명이 새롭게 진화하고 적응해 살아간 역사다. 경계에 내몰린 어류가 육지로 다가가면서 폐가 진화했다. 어류는 가뭄이 들면 바닥이 드러나거나 얕아서 물 위로 드러나는 육지도 기웃거린다. 인간의 조상이 땅으로 올라오게 된 것이다. 새가 하늘을 날게 된 것도 경계의 생존이 절박했기에 선택한 것이다. 경계란 고통스럽지만 새로운 창조의 시발점인 것이다.

경계인 역시 그러한 존재다. 탈북민은 남한과 북한의 경계에 선 사람이기도 하지만, 한국 내부에서도 첨예한 경계에 서 있다. 그 경계는 경제와 정치, 배제와 차별, 포용과 수용 여러 부문에 걸쳐 있다. 모든 경계인은 고통스러운 삶을 사는 운명이다. 그 속에서 경계를 뚫고 새로운 선을 긋는 탄생이 일어난다. 주승현과 김주성이 새로운 선을 만드는 노력이 성공했으면 바란다. 무엇보다 그 과정에서 행복했으면 한다. 너무 고통스러우면 뒤에 따르는 탈북민이 선뜻 다음 발을 떼지 못할까 두렵다. 두 작가의 평안과 건승을 빈다.

재난을 살다:
재난 서사라는 오늘의 보편 문법에 관하여

『**부림지구 벙커X**』 강영숙, 창비, 2020

김대성 문학평론가

1

강영숙의 『부림지구 벙커X』(창비, 2020)는 '재난 서사'로부터 우리가 기대하는 것이 무엇인지 거듭 질문하게 만든다. 가령, 도심의 모든 전력이 차단되었을 때 비로소 보이는 오로라나 피해자와 구원자 사이에 위계 대신 상호부조적인 공동체가 생겨나 새로운 삶의 방식을 개시하는 것이나[1], 세상이 뒤집어져 리셋(reset)될 때 펼쳐지는 드라마틱한 변화라거나 갑작스러운 재난에 의해 펼쳐지는 파괴의 스펙터클에 대한 기대와 같은 것들 말이다. 『부림지구 벙커X』엔 이런 것들이 빠져 있어서 다소 밋밋하거나 헛헛하다. 그런데 바로 그런 이유로 '재난

---

1   리베카 솔닛 정혜영 옮김, 『이 폐허를 응시하라』, 펜타그램, 2012.

서사'의 변화된 좌표에 대해 고민할 것을 요청한다.

　2020년, 전 세계를 뒤덮은 '코로나 19 바이러스'는 일시적으로 유행하는 전염병에 불과한 것이 아니라 오늘의 삶을 주관하는 강력한 체제가 되었다. 재난은 예고 없이 들이닥치는 것 같지만 실은 일상 속에서 끊임없는 경고 신호를 보내고 있었다. 말하자면 언젠가부터의 일상은 늘 재난 시그널과 함께 해왔다고 해도 좋다. 이처럼 재난과 일상이 분리불가능하다면 '재난 서사'의 좌표 또한 달라져야 하지 않을까. 이제 재난은 '저 너머'가 아닌 '코앞'에 있다. '코앞'이라는 조건은 근접 거리만이 아니라 재난이 숨 쉴 때마다 통과해야 하는, 말하자면 생존에 필수적인 필터(filter)임을 가리킨다. 오늘의 재난은 숨 쉴 때마다 우리의 삶을 위협하면서 동시에 숨 쉴 수 있게 하는 '장치(dispositif)'다. 코앞의 재난이 바꿔놓은 삶의 질서를 따르지 않으면 언제라도 격리/추방되기에 재난은 생존 조건이기도 하다. 그러니 이제 재난은 적절한 대비를 통해 막을 수 있는 것이라거나 불굴의 의지로 극복할 수 있는 대상이 아니다. 재난은 오늘의 현장이자 삶의 조건이 되어버렸기 때문이다.

　모두가 재난을 살고 있다. '코앞의 재난'이 숨을 쉴 수 있게도, 숨을 멎게도 할 수 있는 장치인 것처럼 '재난 유토피아'(리베카 솔닛)와 '재난 자본주의'(나오미 클라인, 『쇼크 독트린』)는 뒤엉켜 맞물린 채 동시에 전개된다. 그 뒤엉킴 속에서 재난으로 삶이 뒤집어지는 게 아니라 뒤집혀 있던 삶이 재난으로 드러나는 경우도 잦다. 이를 증명할 수 있는 사례는 안타깝게도, 차고 넘친다. 경북 청도 대남 병원의 집단 감염과 압도적으로 높은 사망률, 신천지에 헌신하는 20대 신도들, 그들 중 여신도들이 모여 살았던 한마음 아파트, 각 지역의 콜센터 상담원들, 집단 감염지 곳곳은 공중보건 예방수칙의 사각지대가 아니라 기본 권리의 사각지대로 봐야 한다. 재난은 세상의 근본(grund)을 무너뜨린다기보단 그간 시민권을 박탈하고 권리를 탈취해온 은폐된 구조와 역사를 노골적으로 드러낸다. 재난으로 주거지를 잃고 수렵채집민과 같은 유동민을 닮게 될 때 호혜적인 교환양식(교환양식D)이 출현한다는 논지에[2] 마냥 고개를 끄덕일 수 없는 이유는 이 때문이기도 하다. 파괴의 스펙터클이 빠져 있고 회복에 대한 희망도 부재한 『부림지구 벙커X』는 시민권을 가지지 못했거나 박탈당했던 이들이 왜 재난의 맨 앞자리로 내몰려야 했는지 묻고 있다.

2

『부림지구 벙커X』엔 유토피아도, 묵시록도 없다. 우연히 생긴 벙커 하나와 그곳에 피신해 있는 몇몇 사람들, 부림지구에 관한 기억과 이야기 몇 다발 외엔 심각한 사건이 일어난다거나 인물들 사이의 갈등이 두드러지는 것도 아니다. 거대한 지진

---

2   가라타니 고진, 조영일 옮김, 『자연과 인간』, 도서출판b, 2013.

빅 원에 대한 묘사나 설명도 간명하게 제시될 뿐이다. 거대한 재난이 발생한 지 1년이 지난 시점인 탓에 긴박하고 절절한 감정이나 재난으로 인해 발생한 상실과 아픔에 대한 생생한 서사도 찾아볼 수 없다. 더 나은 내일을 기대할 수 없는 탓에 점점 더 무력해지는 벙커 안의 생활과 고립된 상태에서 겪을 수 있는 소소한 갈등 정도만 나타나는 이 이야기에서 굳이 긴박한 요소를 찾는다면 정부가 부림지구를 오염지역으로 지정한 탓에 생존자를 N시로 이주시키는 데 집중하고 있다는 점이다. 정부는 부림지구의 생존자를 통제와 관리가 필요한 대상이라 간주해 N시로 이주하는 조건으로 이재민의 피부에 칩을 이식하려고 한다. 어떤 이들은 정부의 일방적인 감시 통제에 불만을 가지고 있고, 어떤 이들은 부림지구를 떠나지 않기 위해 정부 요원을 피해 다닌다. 재난과 함께 떠올릴 수 있는 서사적 요소들의 비중이 작은 대신 비상상태 속에서 지속되는 삶의 면면이 도드라진다. 이야기가 전개되면서 선명해지는 건 재난이라는 예외적인 상태 속에서의 돌출적인 행위와 갈등이 아니라 벙커에서 살아가는 존재들의 이력이다.

별다른 관련 없는 인물들이 우연히 한자리에 모여 특별하지 않은, 그러나 지극히 내밀한 각자의 이야기를 주고받음으로써 평범 속에 깃들어 있는 비범함을 펼쳐 보이는 것은 강영숙의 장기이기도 하다. 황사, 바이러스, 가뭄, 홍수, 지진, 허리케인 등 재난이 휩쓸고 지나간 자리에 남은 존재들의 이야기를 지속적으로 해왔던 작가의 이력은 벙커 안에서의 분뇨처리 문제로 생긴 갈등을 중재하기 위해 마련된 자리를 엉뚱하고 놀랍게도 "지진 경험 이야기하기 대회"(148쪽)로 변주해버리는 '전환의 힘'에서 빛을 발한다. 10대 때부터 가발을 만드는 섬유공장에서 일을 했던 어머니에 대한 이야기, 사라져버린 외국인 아내에 대한 이야기, 재해 현장에 있는 것이 훨씬 마음 편하다는 재해 현장 전문 기자의 이야기, 지금은 발이 썩어들어가지만 한 때 부림타운 무도장에서 일했던 종업원의 이야기는 고백과 독백의 자리에 계류되는 것이 아니라 '누구라도 말할 수 있을 것 같은 기분을 들게(169쪽)' 하는 힘으로 발현된다.

『부림지구 벙커X』는 대개의 재난 서사처럼 서둘러 재난 '이후'를 향해 나아가지 않고 재난의 현재를 살아내는 방식을 취한다. 말하자면 그 무엇도 기대할 수 없을 거 같은 폐허와 잿더미를 벗어날 수 있는 경로를 제시하기보단 잿더미 속에서 살아갈 수 있는 방식을 연마하는 데 초점을 맞춘다는 것이다. "잿더미 속에서 살아남는 유일한 방법은 잿더미와 하나가 되는 것밖에는 없다."(181쪽)는 재난의 생존술은 "기본적으로 인간의 외양을 흐트러지게 해 인간이 아니라고 발뺌하는 것과 비슷"(177쪽)해지는 변장술 익히기와 맞닿아 있다. 재난으로 발생한 훼손을 복구하는 방식이 아니라 훼손을 삶의 조건으로 전환하는 기술은 비인간주의를 근간으로 한다. '유진'이라는 가명을 쓰고 있는 소설의 화자인 '나'는 "지진은 자기 자신을 남에게 속이기에 아주 좋은 타이

밍"(19쪽)이라고 했다. "재해를 입은 평범한 사람들의 상황을 잘 연기하는 재해 전문 배우가 되는 것"(21쪽)이 꿈인 '혜나'는 벙커에서 이재민 출신의 '지진 전문 배우'로 성장해나간다. 이는 강영숙의 재난 서가가 (나)'다움'을 지향하는 것이 아닌 (타인)'되기'의 역량에 무게 중심을 두고 있음을 다시금 확인할 수 있다.

3

재난으로 모든 것이 무너져내린 잿더미 위에서 강영숙은 폐허 더미를 응시한다. '부림지구'는 재난 생존자들이 모인 '벙커X'의 지리적 좌표를 나타내기 위한 표지가 아니라 외려 완전히 무너지고나서야 드러나는 진실의 영역에 가깝다. 아울러 『부림지구 벙커X』는 '재난 생존자들'의 이야기라기보단 재난으로 인해 완전히 폐허가 되어버린 '부림지구'에 관한 이야기에 더 가깝다. 재난 생존자인 '나'가 벙커에서 가장 공을 들이는 것 또한 부림지구에 쌓여 있는 기억의 더께를 벗기고 헤집는 일이다. 재난이 닥치기 전에 이미 급속하게 무너져내리고 있던 부림지구는 대지진으로 완전히 폐허가 되어버린 뒤에야 비로소 자신의 이야기를 할 수 있게 된 셈이다. 마찬가지로 맡은 바 소임을 다하느라 제 이야기를 한 번도 해보지 못한 힘없고 가난했던 존재들의 목소리는 부림지구의 더께로 남아 있다. 우연적이고 유동적인 벙커X의 특이성에 집중하는 것이 재난 서사를 구축하는 데 더 효과적이겠지만 재난의 문법을 통해 강영숙이 집중하고자 한 건 모두의 기억에서 지워진 장소에 관해 이야기하는 것이다.

쇠락한 주변부 도시에 대한 전형적인 묘사로 구축된 부림지구는 국가주도 산업으로 만들어진 도시가 주력 산업의 흥망성쇠로 인해 공동화(空洞化)될 때 나타나는 전형적인 모습과 크게 다르지 않다. 폐쇄, 단절, 낙후란 한국 사회에서 '지역'을 상상할 때 빠지지 않고 등장하는 클리셰이기도 하다. 이 소설이 끝까지 지켜내려는 '장소성'의 가치가 지역 재현의 클리셰로부터 배양된 것만은 아닐 것이다. 벙커를 떠나며 '대장'이 '나'에게 건넨 두툼한 노트에 적힌 불가능해 보이는 기획처럼 폐허라는 예외상태에서 가능하지 않은 것을 상상하는 태도야말로 재난을 살아내는 존재가 뿜어내는 가장 급진적인 힘일 수도 있다. 다만, 그 힘이 지역에 대한 익숙한 재현체계에 기대고 있다는 점은 모든 것이 무너진 폐허에서조차 지역에 관한 이미지만큼은 변함없는 완고함으로 그 위용을 드러내고 있는 것만 같다.

물론 부림지구에 대한 묘사를 지역이라는 프레임만으로 재단하는 건 온당해 보이지 않는다. 오늘을 버텨내는 데도 힘에 부치는 삶의 조건에서 누구도 제대로 기억하지 않는 퇴락한 도시에 대해 이야기해내려는 '나'의 의욕을 제대로 설명하지 못하기 때문이다. 재난과 같은 비상상태에서 지금을 견딜 수 있는 힘은 미래에 대한 희망에 있지 않다. 세상을 지탱하는 모든 것이 무너진 이

곳은 더 나은 내일을 기약할 수 없기에 불행 또한 없다.[3] 모든 것이 무너진 자리에서 부림지구에 쌓인 시간의 더께를 헤집는 행위에서 퇴행보단 폐허를 밀고 나갈 수 있는 동력을 읽어내고 싶다. 노스탤지어는 우리가 아이였을 때 잠들지 않고도 꿀 수 있었던 유토피아의 기억이기도 하다.『부림지구 벙커X』에서 부림지구라는 폐허는 종말의 종착점이거나 새로운 질서가 구축될 수 있는 시작점이 아니라 장소에 깃든 잠재성을 건드려 깨우는 두드림처럼 느껴진다.

4

지금 우리에게 절실한 것은 '재난의 상상력'이 아니라 '재난의 실감'이다. 오래전부터 세상은 "재해도 아닌데 늘 재해처럼 들끓고 사람들은 앓고 자살하고 분노했다."[4] 그러니 재난을 상상하는 것보다 재난을 살아내는 기술을 익히고 연마하는 것이 더 절실하다. 일찍이 조정환은 특정한 시대의 산물로만 논의되었던 '노동문학'이 삶과 노동이 식별불가능해진 자본제체제를 일러 "위로부터는 자본이 그리고 아래로부터는 삶이 노

---

3   후루이치 노리토시, 이언숙 옮김『절망의 나라의 행복한 젊은이들』, 민음사, 2014.
4   강영숙, 「재해투어버스」, 『빨강속의 검정에 대하여』, 문학동네, 2009, 107쪽.

동과 중첩"되어 "역설적이게도 노동문학이 아닌 문학이 없다고 말할 수 있는 상황이 도래하게 된다"고 논한 바 있다.[5] 『부림지구 벙커X』는 강영숙 소설 여기저기에 편재해 있던 재해 속의 인물들이 부림지구 벙커에 모여 있는 느낌이 들기도 한다.[6] 그래서 그들은 폐허와 잿더미를 벗어나기보단 잿더미 속에서 사는 방식을 연마하려는 것처럼 보인다. 코로나19 바이러스로 인해 한시적으로나마 사회적 거리두기는 가능할지 몰라도 재난과 거리두기는 불가능해 보인다. 그러니 오늘의 재난 서사란 장르적인 것이거나 주제적인 것으로 축약될 수 없다. 재난 서사는 오늘의 보편 문법이다.

5   조정환, 「노동문학의 현실과 삶문학적 전망」, 『카이로스의 문학』, 갈무리, 2006, 187쪽.
6   '유진'과 '혜나'는 강영숙의 다른 소설에서도 등장했던 이름이기도 하다.

문학/사상 1
권력과 사회

초판 1쇄 발행 2020년 6월 30일

발행인 강수걸
편집인 구모룡
편집주간 윤인로
펴낸곳 산지니
등록 2005년 2월 7일 제333-3370002510020005000001호
주소 부산시 해운대구 수영강변대로 140 BCC 613호
전화 051-504-7070 | 팩스 051-507-7543
홈페이지 www.sanzinibook.com
전자우편 sanzini@sanzinibook.com
블로그 http://sanzinibook.tistory.com

ISBN 978-89-6545-661-2 03800

* 책값은 뒤표지에 있습니다.
* 이 도서의 국립중앙도서관 출판예정도서목록(CIP)은 서지정보유통지원시스템
홈페이지(http://seoji.nl.go.kr)와 국가자료공동목록시스템(http://www.nl.go.kr/
kolisnet)에서 이용하실 수 있습니다. (CIP 제어번호: CIP2020026132)